잠깐만 나 좀 뛰고 올게

잠깐만 나 좀 뛰고 올게

1판 1쇄 발행 2021년 2월 1일
1판 2쇄 발행 2021년 8월 1일

지은이 신해섭

교정 김은성   **편집** 홍새솔
펴낸곳 하움출판사   **펴낸이** 문현광

주소 전라북도 군산시 수송로 315 하움출판사
이메일 haum1000@naver.com   **홈페이지** haum.kr

ISBN 979-11-6440-741-5 (03810)

좋은 책을 만들겠습니다.
하움출판사는 독자 여러분의 의견에 항상 귀 기울이고 있습니다.

잠깐만 나 좀 뛰고 올게

신해섭 지음

달리기로 마음의 병을 치유한
우리 시대 평범한 직장인의 에세이

HAUM

아이를 출산하고 퇴직을 했던 와이프가 올해(2020년) 1월부터 다시 일을 시작하게 되었다. 맞벌이 부부의 생활은 생각보다 쉽지 않았고 몇 주간을 힘겹게 보내다 이제 좀 적응이 되어 한숨을 돌리나 하던 찰나, 예상치 못한 복병 '코로나19'라는 놈이 우리를 덮친다.

태어나서부터 두 돌이 다 되어갈 때까지 야제증으로 통잠 한 번 잔 적 없는 예민한 아들은 어린이집이 휴원임에도 불구하고 긴급보육으로 혼자 있을 수밖에 없었다.

결혼 후, 임신이 되지 않아 오랫동안 마음앓이를 했던 우리에게 기적같이 찾아온 이 아이는 태어날 때까지 또 얼마나 가슴을 졸이게 했었던가? 조산기로 한 달을 넘게 병원에 입원하며 침대와 한 몸이 되어 지냈던 엄마의 노고는 전혀 알지 못한 채 무엇이 그렇게 급했는지 남들보다 빨리 이른둥이로 우리를 찾아왔던 이 아이에게 바랐던 건 건강뿐이었건만 입원, 잔병도 수차례… 유독 손이 많이 가던 그런 아이.

칼퇴를 해서 아무리 일찍 하원을 한다 한들, 어린이집에서 집으로 데리고 온 후부터 엄마가 올 때까지 무작정 울기만 한다. 한시도 엄마랑 떨어지지 않으려 하고 밤에 잠도 자지 않으려는 아들은 겨우 잠이 든 후에도 얼마 안 돼 자지러지게 울고 또다시 지쳐 잠들기를 몇 번이고 반복한다. 그런 생활이 막막했지만, '아이도 적응하는 데 시간이 필요하겠지, 점차 좋아지겠지.' 하는 그 마음 하나로 버텼다. 허나 한계가 있었다. 2년 가까이 육체적으로 정신적으로 누적된 무언가에 우리 부부도 버티질 못하고 터질 게 터져버렸다.

그렇게 나의 불면증, 불안장애, 공황장애는 시작되었고 아들의 울음소리가 온종일 귀에 맴도는 이명, 환청 증상은 나를 괴롭혔다.

와이프는 곧바로 퇴직했지만 내 몸은 바로 회복되지 않았고 점점 악화되어 갔다. 병원을 찾아 약물의 도움으로 하루하루를 버텼지만 약의 내성으로 복용량은 늘어나고 '언제까지 이 약을 먹어야 할까.' 하는 불안함은 지속적으로 나를 힘들게 했다.

술에 취해 잠을 청하기도 수차례, 막걸리의 외인이 나의 잠을 도와주는가 싶다가도 몇 주가 지나서는 양주로 향한다. 독한 술이 아니면 잠이 오지가 않는다. '아! 이러다 나 중독되겠구나…' 하고 무서워지기 시작했다.

그렇게 잠을 못 자고 출근하는 날이거나 집에 있는 주말이면, 나는 너무나도 예민해졌다. 나의 감정을 건드리는 조그마한 그 어떤 것에도 언성이 높아졌고, 아무 소리도 듣고 싶지 않았다.

이렇게는 안 되겠다 싶었고 무언가를 시도해 봐야 할 것 같다는 생각을 하던 중, 잠이 들지 않는 새벽 혼자 핸드폰을 만지작거리다 우연히 사진첩 속 작년 '철인 3종 경기'의 완주 사진을 보며 '달리기라도 해볼까?'라는 마음이 불쑥 들었다. 그리고 그날 이후부터 나는 매일 퇴근 후 한 시간씩을 아무 생각 없이 달리기 시작했다.

달리고 나면 제일 먼저 생긴 현상이 나의 공격성과 예민성의 감소였다. 몸이 아무리 피곤한 상황에서도 뛰고 나면 어느새 나는 온순한 사람으로 변했음을 자각하게 되었다. 그렇게 나는 매일 뛰는 행위를 멈추지 않았고 달리기는 도피처에서 제2의 종교가 되어 삶의 가치관까지 바꾸더니 달리기를 떼어 놓은 앞으로의 내 삶도 그려지지 않게 만들었다.

이렇게 자기 고백을 할 정도로 지금의 나는 그 일에 덤덤해졌고 굳이 달리기가 불면, 불안장애에 효과적이라거나 올바른 자세의 달리기가 오히려 무릎을 튼튼하게 해준다는 등 그런 논문을 찾아보며 자위할 이유도 없어졌다. 나에게도 경험칙이란 것이 생겼기 때문이다. 몸 때문이 아니라 마음 때문에 달린다는 말의 의미도 그때서야 절대적으로 공감할 수 있었다.

전국에 지역별로 수많은 러닝 크루, 동호회들이 생겨나고 젊은 러너들이 기하급수적으로 늘고 있는 오늘날의 상황을 보며 지금 우리가 사는 세계를 반추해 보게 되었다.

"우리 모두 달리기를 합시다!"라거나 "달리기는 정말 최고의 운동이에요!"라는 이야기를 하고 싶은 것이 아니다. 각자가 살아가는 삶의 전쟁터에서 앞만 보지 말고 한 번쯤은 걸어온 길과 지금의 나를 돌보는 시간을 갖자고 말하고 싶었다.

아빠도 아들도 사위도 남편도 직장인도 아닌 잠시나마 '나'에게 돌아가는 시간, 온종일 잃었던 나를 찾는 시간이자 오로지 나에게만 집중할 수 있는 시간은 누구에게나 반드시 필요하다.

앞으로의 이야기는 그 시간들에 대한 짧은 기록들이다.

달리기와 마주하기까지

그날의 기록들

달리기와
　　　마주하기까지

그날의 사고

2016년 1월, 새벽 출근길, 비가 오는 날이라 그런지 유독 어두컴컴했다. 도보로 출근을 하는 나는 언제나 그렇듯 잠이 덜 깬 상태로 터벅터벅 회사로 걸어간다. 하루 중 유일하게 음악을 듣는 시간이기도 하나 음악에 집중하기보다 오늘 회사에서 해야 할 일들을 머릿속에 상기시키며 스스로 힘을 불어넣는 행위를 반복적으로 하고 있다. 그렇게 강제로 주입한 에너지를 가지고 회사로 들어가기 전, 마지막 횡단보도를 건너는데 뭔가 이상해 고개를 돌려보니 큰 트럭이 바로 내 눈앞에 있었고 나는 소리를 질렀다. 그리고는 다음부터 기억이 없다.

앰뷸런스 안에서 의식을 찾은 나는 내가 신호를 위반한 1t 트럭에 치였다는 사실을 듣게 되었고, 내 몸이 내 마음대로 움직이지 않는다는 사실도 알게 되었다.

병원에 도착해 정신없이 이곳저곳을 들락날락하며 각종 검사를 받았다. 왕복 16차선인 큰 도로에서의 사고 치고는 골절 하나 없는 것이 참으로 기적이었지만 몸의 느낌만은 골절 이상의 통증이었다. 교통사고 후유증이란 것은 시간이 한창 지난 후에도 생기는 것이라 들었기에 당분간은 꼼짝하지 않고 내 몸이 보내는 신호에 귀를 기울이기로 했다.

병원에 입원하며 치료를 받는 동안 머릿속은 수시로 복잡했다. '그날 왜 나는 평소처럼 두 번째 알람 소리에 일어나지 않고 첫 번째 알람 소리에 바로 일어나게 되었을까?' 하는 부질없는 생각에 사로잡히기도 했고, '내 몸은 과연 회복될 수 있는 것일까?' 하는 불길한 생각에도 휩싸였다가 잠을 잘 때는 사고의 순간이 계속 띠오르는 악몽에 자주 시달리기도 했다.

나보다 나의 몸을 걱정해 주는 것이 가족의 일이었다면, 내가 해야 할 일들의 빈자리를 걱정해 주는 것은 회사 사람들, 정확히 말하면 회사였음도 점차 알게 되었다. 내가 해야 할 업무들을 그동안 누군가가 나누어 해줬으면 좋겠다는 인간적인 나의 기대와는 다르게 회사에서는 매일, 많게는 하루에 2번씩 병원을 찾아와 언제 회사에 복귀할 수 있느냐의 문제를 가지고 심리적 압박을 가해 왔다. 이게 내가 생각했던 직원을 가족같이 여기는 대기업의 민낯이란 걸까? 나의 회사생활이 조금 삐뚤어진 것도 아마 이때부터였던 것 같다.

골절이 없으니 병원에서 받을 수 있는 치료에는 한계가 있었고, 병원 생활에서의 답답함과 회사의 압박(혹시나 내가 산재를 신청할까 불안했던 회사)으로 인해 한 달여의 시간 이후 나는 퇴원을 하기로 마음먹고 업무에 복귀하여 통원치료를 받기로 했다.

사고로 한 번 다친 몸은 100% 원상복구가 안 된다는 말을 알고 있으면서도 받아들이고 싶지 않았고, 꾸준히 재활치료와 통원치료를 받으면서 몸이 정상으로 돌아오기만을 기대했었다.

하지만, 1년이 지나도록(지금까지도) 회복에는 어느 정도 한계가 있는 듯했고, 나는 그 한계를 받아들여야 했다. 그리고 그 말은 곧 내가 좋아했던 운동들을 앞으로는 할 수 없다는 뜻이 되기도 했다.

보통의 남자들처럼 나는 축구, 야구, 농구같이 함께 모여 경쟁하고 파이팅을 외치는 구기 종목에 사족을 못 썼다. 그 운동들을 할 수 없다는 사실은 그것들을 볼 이유도, 관심을 갖게 할 이유조차도 가져가 버렸다. 보기만 하면서 대리만족이라도 느끼면 좋으련만, 전과 같이 마음대로 움직일 수 없는 내 몸을 겉으론 받아들인다고 하고선, 실제 마음은 잔뜩 삐뚤어져 화가 나 있었던 모양이었다.

그렇더라도 재활을 위해서든 남은 인생의 건강이 이유가 되었든 더 중요하게는 내 감정의 돌파구가 필요해서였든 나는 어떤 운동이라도 해야겠다고 생각을 했었다. 그리고 어떤 운동을 해야 할지에 대해 몇 주간을 나름 심각하게 고민했었다.

사고 후유증도 후유증이지만 운동을 하면 자주 다치는 몸인지라(다리골절, 팔목골절, 머리 외상, 안와골절 등등) 종목을 선정하는 데 까다로운 조건을 걸었다. 몸싸움이 없는 운동이라야 했고, 관절에도 큰 무리가 없어야 했고, 나이를 먹어서도 할 수 있는 운동이어야 했고, 나 혼자서도 언제 어디서든 할 수 있는 운동이어야 했다.

이 4가지의 조건을 만족하는 운동을 고르고 골라보니 수영, 자전거가 최종 후보에 남게 되었다. 그렇게 나는 수영과 자전거를 시작하게 되었다.

허세의 종착지

자전거와 수영이라는 운동이 얼마나 재미있는 운동인지 아직은 잘 모르겠다고 느꼈었지만, 나는 꾸준히 했다(여기서 '꾸준'이라고 말하는 정도는 1년을 넘긴 시점).

시간이 지나면 지날수록 이것이 혼자 하는 운동의 고유한 특성인 것인지, 아니면 아직 수영과 라이딩의 매력에 충분히 빠지지 못한 까닭인 것인지, 조금씩 운동이 루즈해지는 시점이 다가오고 있음을 느꼈다. '이래서 사람들이 동호회를 가입하는구나' 하는 생각도 들었지만, 조직이라는 무언가에 얽매이는 것은 싫고, 운동하러 갔다가 친교 모임과 회식으로 확장되는 특유의 동호회 문화도 나는 좋아하지 않았다.

무언가 다른 동기부여가 필요했을 때, 같이 수영을 시작했고 라이딩의 세계로 나를 이끌어 준 동료를 찾아가서 나의 고민을 털어놓았다. 분명 나랑 같은 고민을 하고 있을 거라 생각했었고 그 예상은 정확했다. 이제 와서 다른 운동을 다시 하기는 좀 그런 것 같고 우리에게 목표가 없었기 때문에 이런 일이 발생했다는 문제의식을 함께 공유했다. 그리고 최종 철인 3종 경기를 나가 보자는 합의안을 도출했다.

철인 3종 경기.

뭔가 있어 보였다. 남자에게 '철인'이라는 단어는 가슴을 뜨겁게 만들기에도 충분했다. 그것이 얼마나 어렵고 대단한 건지는 당시 알지 못한 채, 그것을 한 번 했다고 하면 왠지 내 스스로가 대단한 사람처럼 느껴질 것 같았고, 평생 사골국처럼 남들에게 우려먹을 자랑거리가 될 것 같기도 했다. 상상만으로도 나는 이미 완주를 한 것처럼 허세가 충만해졌고 이것은, 의외로 큰 동기부여로 작용을 했다.

남자들의 허세가 항상 나쁜 것만이 아니었다.

철인 3종 경기

철인 3종 경기를 출전하기 위해서는 수영과 사이클 외에 달리기라는 종목을 경험했어야 했다. 달리기는 '그까짓 것 그냥 살살 뛰면 되는 거 아닌가?' 하며 가장 만만한 종목으로 보았기에 연습을 별도로 하지는 않았다.

보통 우리가 말하는 철인 3종 경기는 수영 1.5km + 사이클 40km + 달리기 10km를 정해진 시간(각 종목마다 커트라인과, 총 3시간 30분이라는 제한 시간)에 들어와야 하는 올림픽 코스를 뜻한다. 하지만 당시 나의 수영 실력은 수영장에서도 1.5km를 제대로 헤엄치지 못했고, 더군다나 발이 닿지 않는 오픈워터 상황의 수영은 엄두가 나지 않았다. 나에게 필요한 건 올림픽 코스가 아니라 철인 3종 그 메달 아니었던가?

그렇게 얼른 마음을 바꿔 올림픽 코스의 절반인 수영 750m + 사이클 20km + 달리기 5km를 완주해야 하는 스프린터 코스를 나가기로 했다.

평소 운동량에 비교해 보았을 때 완주는 충분하고도 남을 레벨이라고 생각이 되어서였는지 기록에도 욕심을 내며 부단히 준비했다. 그렇게 기대하던 대회 날은 다가왔고, 19년 9월 29일 대회를 위해 하루 전 광주에서 서울로 올라갔다.

와이프를 독박육아의 세계로 몰아넣은 미안함과 고마움에 "나 잘하고 올게!" 하는 짧은 인사로 눈도 마주치지 않고 재빠르게 집을 나오긴 했지만 미안함은 그 순간뿐이었다(그래도 고마움은 오래갔다). 동료와 함께 차에 자전거를 싣고 출발을 하자, 기분은 날아갈 듯했다. 그동안 기대했던 대회를 나간다는 것도 있지만, 먼저는 꽉 막힌 일상을 탈출하는 그 기분에 취해 서로 쉴 새 없이 이야기를 나누다 보니 금세 서울에 도착했다.

자전거 검차와 대회 안내 등을 받기 위해 대회장을 들어가자 수많은 인파들로 드디어 실감이 나기 시작했다. 나에게 3가지 종목 중 가장 걱정이 되는 종목을 꼽으라면 단연코 수영이었다. 그전까지 오픈워터의 경험은 전무했고, 슈트를 입고 하는 수영도 처음이다 보니 하루 전 수영 코스를 개방해 놓았을 때 반드시 예행연습을 했어야만 했다. 자전거 검차를 마친 후 재빨리 슈트로 갈아입고 대회 코스로 향했다.

'와…' 수영장에서 옆 레인 고급반 고수들의 접영 물살을 도구 삼아 실전 같은 연습을 해봤다고 한들, 직접 경험한 오픈워터의 물살은 차원이 달랐다. 물살도 물살이지만 발이 닿지 않는 두려움과 탁한 물로 인해 시야 확보가 쉽지 않았던 공포감은 나를 더 긴장하게 했다. 수영은 몸에 힘을 빼야 속도가 나오는 운동인데, 잔뜩 위축돼 있는 몸에 힘까지 들어가다 보니 나아가는 속도는 더디고 슈트의 답답함에 숨통도 조여 오는 것 같았다.

이러다 완주는커녕 수영 도중 기권도 아니고 죽을 수도 있겠다는 생각이 엄습했다. 예행연습을 한 후부터 불안함이 급습해 오더니 계속 머물러 나갈 생각을 하지 않았다. 참가 동료와 나는 숙소로 돌아가는 길에서도, 저녁을 먹는 동안에도 "내일 우리가 수영을 잘 마칠 수 있을까…" 하는 대화만 반복했다.

일단은 컨디션이 좋아야 하니 일찍 취침에 들자고 하여 10시에 불을 끄고 누웠지만 잠은 쉽사리 오지 않았다. 옆에서 부스럭거리는 소리가 들리는 걸 보니 옆 친구도 잠이 오지 않나 보다. '우리 내일 수영 잘할 수 있을까?' 하는 마음속 솔직한 말은 꺼내지 못하고 "아이씨이, 모기 새끼 때문에 잠을 못 자겠네!" 하며 가오는 살려둔다.

새벽 4시가 다 되어서야 겨우 잠들었을까? 몇 시간이 지나지 않아 울려대는 알람 소리를 듣고 부랴부랴 대회장으로 향했다.

시간이 다가올수록 초조함은 극에 달했다. 오늘 날씨가 유독 추웠던 건지, 긴장 때문인지 바르르 떨리는 몸의 원인도 헷갈렸다. 눈에 보이는 한강의 물살은 어제보다 더 무서워 보이기만 하는데 유속이 세져 대회 코스가 갑자기 바뀌었다는 이야기가 들린다. 여기저기서 웅성웅성하는 소리를 들어보니 이 시기가 한강의 1년 중 유속이 가장 센 날이란다. 제길….

그런 상황에서 첫 조가 스타트를 하고, 우리는 그 모습을 멀리서 지켜본다.

'할 수 있다. 나는 할 수 있다!'

'그동안 이 대회를 위해 얼마나 열심히 준비를 했었나, 와이프에게 얼마나 허세를 부리고 왔나.' 겁 따위는 던져버리고 자기 체면으로 무장을 한 채 수영의 스타트 줄로 이동했다. 그런데 갑자기 방송이 들려오더니, '오늘 수영경기는 중단한다'고 한다. 유속이 너무 빨라 반환점 근처에서 사람들이 뒤섞이고 있으며 자칫 큰 사고가 날 수 있을 것이라고 주최 측에서 판단을 했단다. '엥?'

감정이 묘해졌다. 허무했다가 기뻤다가 아쉬웠다가….

개인적으로 철인 3종 경기의 꽃은 수영이라고 생각했었다. 라이딩과 마라톤은 어디서든 쉽게 할 수 있는 종목이지만, 동호회나 특정 단체에 속해 있지 않는 한, 개인이 오픈워터 수영을 안전요원을 배치한 채 마음 놓고 할 수 있는 때라곤 이런 대회가 아니고선 없기 때문이다.

여기저기서 들려오는 구시렁구시렁 소리는 제쳐두고 남은 에너지를 라이딩과 마라톤에 더욱 쏟아붓기로 한다.

2개의 종목은 무난했다. 스프린트 코스인 데다 수영이 없는 상황이니 완주야 어떻게든 될 것이고, 기록이야 나의 한계가 어느 정도 명확했기 때문에 편하게 임했다. 그렇게 내 인생의 첫 철인 3종 경기, 정확하게 말해 철인 2종 경기는 허무하게 마무리되었다.

찜찜한 완주를 하고 돌아오는 길은 수영경기를 치르지 못한 에너지가 남아서인지 지치지 않는 수다로 가득 채웠다. 수다도 한 종목으로 인정을 해준다면 우리는 철인 3종을 완주한 것이나 다름없다고 할 수 있을 정도로 쉴 새 없이 떠들었다. 수다에 너무 몰두한 나머지 심하게 찾아온 갈증으로 인해 휴게소에 들러 시원한 아이스 아메리카노도 주문한다. 잠시 핸드폰을 검색하며 인터넷에 올라온 그날의 대회 후기들을 찾아 이야기를 계속 이어가려고 하는데 뉴스 속보로 오늘 우리가 참여한 대회에서 수영 도중 1명이 실종되었다는 소식을 접했다. 조금의 시간이 더 지나 그분이 내가 다니고 있는 회사 절친의 친형이라는 소식도 들었다.

그 후로 몇 개월 동안은 형님을 잃은 동료에게 아무 말도 할 수가 없었다. '왜 너만 그렇게 살아서 왔냐'고 말하는 것만 같았다.

그렇게 내 인생에서 철인 3종 경기라는 것도 사라졌다. 그날 이후 수개월이 지날 때까지도 형님의 사고에 대한 법적인 문제를 대회 측과 치열하게 진행하는 동료를 옆에 두고, 다시 철인 경기를 준비하며 그 기억을 떠올리게 할 수는 없는 일이었다.

부모님, 와이프가 앞으론 절대 안 된다는 말을 한 것도, 다칠 만한 운동은 안 된다고 못을 박은 것도 로드 바이크와 멀어진 것도 이때부터였다. 내 보험 포트폴리오를 재점검한 것도 아마 이때부터였던 것 같다. 앞으로 남은 인생에서 다시는 못 할 운동이 될지, 언젠가는 다시 해보게 될지는 알 수 없지만, 좋은 경험이었다.

철인 3종을 해보겠다는 동기는 비록 허세에서 출발했었지만, 대회를 통해서 나의 한계가 어디까지인가를 알게 되었고 성장으로 마무리가 되었다. 한계를 마주하는 과정은 고통이지만 한계를 깨닫고 인정할 때 나 자신을 제어할 수 있고 포용력 또한 커진다는 것을 알게 되었다.

나를 가슴 뛰게 하는 것들의 발견, 나에게만 집중했던 행복한 순간들 그리고 그 과정 속 느꼈던 다양하고 풍성했던 감정들은 아직도 잊을 수 없다.

퇴근런의 시작

나는 달리기라는 것이 얼마나 매력이 있는 운동인지를 처음에 알지 못했다. 달리기는 철인 3종 메달을 획득하기 위해 해야만 하는 3가지 종목 중 하나였을 뿐, 그 개별 종목을 즐길 정도로 빠져들지 않았다.

제일 지루했고, 힘든 종목이었지만 신발을 사놓고 옷을 사놓았으니 아까워서라도 가끔씩 조깅을 하는 수준이거나, 같이 10km 마라톤 대회를 나가자고 누군가 제안을 할 때면 그 대회를 출전하기 위해, 두세 번 몸을 만들기 위한 목적으로 뛰었던 정도에 머물렀다.

본격적으로 마라톤을 하게 된 계기는 코로나19 이후 생긴 공황, 불안장애, 불면증을 극복해 보기 위해서였다. 누군가와 접촉하지 않으면서 내가 원하는 시간에 언제든지 할 수 있으며, 수면에는 도움이 될 약간의 강도 있는 운동으로서는 제격이었다.

회사에서 집으로 매일 뛰어서 퇴근을 해보자는 결심을 한 것도 그때이다. 아들하고 전쟁 중인 와이프를 두고 집에 도착하자마자 운동하러 다시 나간다고 말하기에는 미안했다. 차를 가지고 출퇴근을 한들 회사 주차장의 출구 버퍼링에서부터, 집에 오는 도로에서 신호마다 걸리는 정체를 고려해 본다면, 신발을 타고 회사 탈의실부터 바로 집으로 출발하는 것과 큰 차이가 없어 보이기도 했다. 자전거로 퇴근을 하기엔 자전거, 헬멧, 뽕 바지 등 챙겨야 할 물품도 많았다.

이러한 연유로 시작되었던 나의 퇴근런은 벌써 1년이 지났다. 시작의 이유는 단순했지만 지속의 이유는 심오해졌다.

달리기를 시작하니 내 속은 빠르게 비워졌고 지속했더니 다시 채워지기 시작했다. 그렇게 채워진 힘으로 나는 사는 것 같았고, 잠깐의 시간이 날 때마다 나를 채우기 위해 뛰는 것을 멈출 수가 없게 되었다.

그날의
기록들

사소한 달리기   2020. 3. 12.

　어느 것 하나 내 마음대로 되지 않는 세상에서 내가 스스로 통제할 수 있는 유일한 것이 있다면 그건 달리기였다. '달리느냐 마느냐'의 결정을 지나 일단 뛰기 시작한다면 모든 주도권은 나에게로 넘어온다. 나 스스로 페이스를 조정하면서 고통의 강도를 스스로 결정할 수 있었고, 중간에 포기하는 결정도 오롯이 스스로 할 수 있었다. 시작과 과정 그리고 결과까지 온전히 스스로가 결정할 수 있는 일이 세상에 그다지 많지 않은 것도 알게 되었다.

　그렇다 할지라도 달리기는 언제나 힘든 일이다. 단 한 번도 쉬웠던 적은 없었다. 그 고통을 알면서도 나는 달리기를 멈출 수 없었다. 그렇게 달리는 이유는 통제할 수 있는 고통임을 알았기 때문이다. 같은 거리에 대한 완주 경험이 계속 쌓여 갈수록 이것은 충분히 달성 가능한 일이라는 것을 알게 되었고 그렇기에 그 고통에 맞설 힘도 매번 생겼다. 스스로 목표한 거리를 달성하고 날 때면 어마어마한 성취감이 나를 뒤덮었다.

'나는 해냈어! 그래, 나는 할 수 있어!'라는 자신감은 그 순간 나를 일으키는 것에 멈추지 않고 나의 삶 다른 영역 구석구석에도 영향을 미쳤다. 사소한 달리기가 그렇게 내 삶을 바꾸기 시작했다.

시간보다 달리기가 약이다　2020. 3. 9.

홀로 고통의 시간을 보낼 때마다 가장 많이 들었던 위로의 말이 있다면 그것은 "시간이 다 해결해 준다"는 말이었다. 세상에 이 말처럼 진리에 가까운 말도 없으며 이 말처럼 잔인한 말도 없다. 지나고 나면 "역시 그 말이 맞았어!"라며 받아들일 수 있지만 힘든 시간을 보낼 당시는 받아들이고 싶지 않은 말이다.

그 상황에선 어떤 말을, 누가 하든 받아들이고 싶겠냐마는 지금 당장 힘들어 죽겠는데 견뎌야만 한다고 말을 한다면 당사자는 오히려 전의를 상실하게 될 수 있다. 내가 인정을 해야 쉽게 끝나는 문제들은 내가 상황을 인정하지 못해 벌어지는 것임도 알지만 인정이란 것 또한 누군가가 강요한다고 해서 되는 것도 아니다. 맞는 말을 대포처럼 쏴댄다면 구멍만 크게 남을 뿐 조언 따위를 받고 싶었던 게 아닐 게다. 내 문제를 나보다 더 심각하게 깊이 고민해 보았겠나.

내가 더 힘들어 봤으니 아니면 누군가는 훨씬 더 힘들다고 하니 그

것을 보고 위로받으라는 말도 집어치워라. 그런 말은 곧 "너 정도면 아닥해라"라는 말 아니더냐. 어설픈 공감 따위도 시답잖은 동정도 필요 없다. 단지 이 상황의 답답함을 털어놓고 싶었을 뿐이다.

이런 답답함이 지속될 때는 외로움이라는 감정도 함께 극에 달해진다. 누군가를 찾고 싶어지거나, 나만의 동굴 속으로 깊숙이 들어가고 싶어진다.

'아! 나 크리스천이었지.' 내가 믿는 신에게 이 답답함을 털어놓기도 한다. 그러나 거의 그렇듯 내가 원하는 방식의 응답은 바로 나타나지 않는다. 응답의 시기는 신의 영역이었고 나의 인내심은 그 시간을 매번 견디지 못한다. 그래서 신앙의 깊이는 지식도 행함도 아닌 인내의 시간을 어떻게 견뎌내는지와 더 관련이 있다고 생각했다.

나는 그저 달렸다. 어제도 오늘도 달렸고, 아마 내일도… 그것은 내가 찾은 그 어떤 것보다 단시간에 모든 걸 쏟아내는 가장 확실하고도 유일한 방법이었다. 달리는 시간을 통해 내 고통의 본질이 무엇이었는지도 스스로 깨우치게 되었다.

헉헉대는 숨소리가 들릴 때면 내가 건강하게 살아있음도 새삼 자각하게 되었다. 숨이 넘어갈 것 같은 이 고통을 마주하며 달릴 때, 나는 문제를 이겨낼 방법 따위는 모르지만 그것을 견뎌낼 힘과 그것을 마주할 대범함이 어디에선가 나타나 나를 충만케 채움을 느끼게 되었다.

달리면서 오는 고통을 참고 뛰면 뛸수록 나의 인내심의 한계는 늘어났고, 버티는 능력도 높아져 갔다. 또한 나의 부정적인 감정을 다른 이에게 전달하지 않고 안 좋은 기운의 고리를 나의 선에서 끝내버렸다는 사실에 만족하며 스스로를 칭찬하게 되었다. 누구의 도움도 필요 없이 스스로 털어낼 수 있는 즉각적이고도 효율적인 도구가 이렇게 가까이 있었다는 것을 알게 된 후 내 방황의 횟수는 줄어들었다.

달리기는 나에게 그 어떤 신경안정제보다 강력하고 효과적인 치료제가 되었다.

3번째 사춘기   2019. 6. 26.

같은 외부 자극을 받아도 견뎌내는 능력은 각기 다르고 애초부터 초예민의 유전자를 물려받아 삶이 유독 피곤하다. 어찌 되었든, 어떻게든 쌓인 것만은 잘 풀어보려 한다.

러닝, 산책, 농구, 수영, 라이딩 등 하고 싶었던 운동은 모조리 해 본다. 그래도 시원하게 내려가지 않는 것 같다. 프로에 데뷔 정도는 해야 시원하게 내려갈까? 가지고 싶었던 워너비 고가 상품들도 마음껏 질러 구매해 본다. 그래도 시원하게 내려가지 않는 것 같다. 건물주 정도 되면 시원하게 내려갈까? 친구들을 만나 밤늦게까지 '호박씨'를 까며 남 욕도 실컷 해 본다. 그래도 시원하게 내려가지 않는 것 같다. '호박씨'와 부정적인 말은 평생을 해야 시원하게 내려갈까?

Favorite 전공 책도 다시 보고, 학회, 음악회에도 참석해 머리와 귀를 자극해 본다. 그래도 시원하게 내려가지 않는 것 같다. 대학교수 정도가 된다면 시원하게 내려갈까? 후배들 앞에서, 협력업체 사람들 앞에서 나를 과시하며 우쭐해 보기도 한다. 회사가 주는 표창장과 상금도 받으며 인정의 욕구도 충족한다. 그래도 시원하게 내려가지 않는 것 같다. 그룹 총수 정도는 되어야 시원하게 내려갈까?

아이스크림 하나면 바로 행복이란 걸 알면서 해결되지 않는 답답함과 무력감 속에서 '나의 결핍은 대체 무엇일까? 나를 붙잡는 건 무얼까?'를 고민하다 타고난 예민함은 어쩔 수 없으니 '받아들이기, 흘려보내기'를 연습하기로 한다. 흘려보내기를 연습하며 더 중요한 것은 흘러들어오는 것을 막는 것임도 깨닫는다.

내가 노출된 일상의 모든 분야를 점검한다. 좋은 말, 좋은 음악, 좋은 언어, 좋은 사람에게 노출시키지 못한 나의 환경을 어떻게 뒤엎을지 답을 찾아간다.

이끌거나! 따르거나! 떠나거나!

수족구로 일주일의 입원 생활 후, 퇴원하자마자 바로 폐렴을 앓고 잠을 수시로 깨는 아들 또한 나의 초예민 유전자를 그대로 받았기에 노출된 환경을 의도적으로 바꾸어 주어 나의 전철을 밟지 않게 밝은 아이로 키우고 싶다.

웃음소리가 끊이지 않는 가정으로 만들어 줄게. "그래도 감사합니다"라는 말을 입에 달고 살도록 아빠가 먼저 솔선수범할게.

2019년 3번째 사춘기를 보내며.

생각 버리기

많은 생각들, 그리고 또다시 꼬리를 무는 생각들은 항상 나를 힘들게 만든다. 그럴 때마다 '기도하라, 맡기라, 붙들라'라는 방법으로 해결이 되지 않았던 것은 신앙의 문제와는 또 다른 태생부터 어찌할 수 없는 DNA의 영향도 큰 것 같다. 정신적 과잉 활동 증후군이 이런 것인가 싶다.

그럴 때 내가 취했던 행동들은 첫 번째 '생각에 맞선다'이다. 떠오르는 생각들 하나하나에 답변해 내거나 시퀀스를 따져 보고, 해결의 계획도 세운다. 허나, 삶의 무게가 점점 늘어나면서 생각은 그 제곱 이상의 속도로 늘어나는 것 같고 그것을 감당할 만큼의 시간과 체력은 나에게 허락되지 않는다. 해결되지 않은 생각 부채에 이자까지 쌓여간다.

두 번째 '잠시 떠난다'이다. 여행이라 불리는 거창한 무엇이 아니더라도 일상에서 잠시 벗어나는 그 자체를 통해 충전과 깨달음을 동시에 얻게 되었고 그때 불필요한 생각들은 저절로 싹둑 잘려 나갔다. 떠남을 통해 일상에서 붙잡아야 할 더 본질적인 것이 선명해졌고 본질에 다시 집중할 수 있게 된다. 현재 상황이 잠시의 떠남도 허락하지 않는다면 책을 통한 간접 여행을 추진하기도 한다.

세 번째 나의 내면을 '바라본다'이다. 차분히 쓰이는 대로 어디든 메모하기 시작한다. 내가 쓴 나의 글을 읽어 보며 내 문제를 조금 떨어져 볼 수 있게 될 때, 나의 의식의 흐름과 문제들을 객관적으로 볼 수 있게 되고 내려놓아야 할 것을 스스로 내려놓을 수 있게 되었다. 적는 자가 살아남는 '적자생존'은 나 같은 사람을 두고 하는 말인가 싶다.

네 번째 좋아하는 것에 '집중한다'이다. 나 혼자만의 시간을 30분이라도 꼭 확보한다. 좋아하는 음악을 들을 때나 운동을 할 때 생각들이 정리되는 묘한 경험을 한다. 요즘의 러닝이 꼭 그렇다. 고민했던 문제의 답을 달리는 중 얻게 되기도 하고 불필요한 생각들은 어느덧 공기 중으로 증발한 뒤 완주 후엔 두통마저 말끔히 사라진다.

다섯 번째 '명상하기'이다. 지금에 집중하기, 곧 나의 오감에 반응하는 훈련과 명상하는 훈련이 효과적이었다. 몰라서 안 한 것은 아니지만 가장 쉬우면서도 적용하기 힘든 것이 이 명상이기도 하다. 뭐든 절실할 때 해야 내재화가 될 수 있기에 명상하기 훈련을 다시 해보려 한다.

다도 선생님도 다시 찾아뵙는다. 장모님의 다도 장비와 가지고 계신 좋은 차를 저에게 좀 빌려주시면 안 되겠냐고 비벼도 볼 것이다.

나사를 한 절반은 더 풀고 살아야 할 것 같다. 나의 숨겨진 또라이 기질은 이럴 때 좀 나와 주기를!

02
달리기와 마주하기

'○○'이란 무엇인가?   2020. 10. 8.

회사의 친한 동료이자 입사 동기인 형이 긴 휴가를 간다고 한다. 3주간 쉬어도 된다고 했다는데 이게 좋아할 일인지, 불안해야 할 일인지는 둘째고 사무실 앞으로 나를 급히 불러내더니 그 기간 뭘 해야 할지를 굳이 내 면전에서 고민하고 있다. 점심을 잘못 먹은 것도 아닌데 나는 배가 갑자기 아프다.

어린 아들과 와이프를 집에 두고 홀로 3박 4일 캠핑을 간다느니 하는 정신 빠진 소리나 하고 있으니, 배가 멀쩡하랴!

🔲 할 일 없으면 책이나 좀 추천해 줄까?

🔲 뭔데?

🔲 음…『어디서 살 것인가?』

🔲 엥???????

🔲 아님, 음…『공부란 무엇인가?』

📖 야! 이C, 어째 죄다 책 제목이 다 질문질이냐?

딴지를 건다. 그렇게 또 서로 티격태격 입 배틀을 시작한다.

건축에서 중요한 게 관계성이라 했던 것을 적용해 보면 이 사람 요즘 나와의 관계에 문제가 있는 것 같다. 올해 한 번도 라이딩을 함께 하지 못해 삐졌나? 정말 그런 것처럼 '휴가 기간에 한번 가자'라는 암호 비슷한 것을 보내기 시작한다. '누가 먼저 추진했냐'라는 와이프의 추궁은 두렵기에 누구든 먼저 입 밖으로 소리 내진 않는다. 오로지 눈빛!

증거는 없다. 어쩌다 보니 그렇게 약속이 되어버렸다. 이게 서로를 지켜주는 아빠들의 암묵적인 룰과 의리이다. 그래놓고 난처한 상황이 발생하면 일단 살고 봐야 하니, 다른 아빠를 쓰레기로 만드는 것도 룰. 결국 시간이 지나면 모두가 쓰레기가 되지….

어쨌든, 나 역시 이 책 달랑 하나 읽었다 해서 『어디서 살 것인가?』, 『공부란 무엇인가?』라는 질문에 "이것이다!"라고 답을 하진 못한다. "형, 그냥 한잔하러 갈까?"가 차라리 명쾌하겠다. 그렇다면 "뭐 하러 읽었느냐?"라고 태클을 걸기 시작한다.

To. 지금 어디선가 짤라가 되어 코 골고 있을 그에게

음… 어디서 뛸 것인가? 러닝이란 무엇인가?라고 매일 물었더니, 이제 좀 답을 하겠더라. 연장선상에 있다고 생각한다. 질문을 통해 찾아가는 중이라고.

"길은 걷는 자의 것! 지혜는 묻는 자의 것!" 그래서 지금 당신에게 묻는다! 휴가란 무엇인가? 캠핑이란 무엇인가? 아~~ 짜증 난다고? 짜증이란 무엇인가? 화란 무엇인가? 아~~ 휴가 기간 연락하면 죽여 버린다고? 연락이란 무엇인가? 카톡이란 문자란 무엇인가?

형 샘플을 보여 줄게. 우리 이제 이런 건설적인? 질문을 하며 살아 보자.

—호기심에서 출발한 지식 탐구를 통해 어제의 나보다 나아진 나를 체험할 것을 기대한다. 공부를 통해 무지했던 과거의 나로부터 도망치는 재미를 기대한다. 남보다 나아지는 것은 그다지 재미있지 않다. 어차피 남이 아닌가? 자기 갱신의 체험은 자기 스스로 자신의 삶을 돌보고 있다는 감각을 주고, 그 감각을 익힌 사람은 예속된 삶을 거부한다. (『공부란 무엇인가?』 72p, 김영민)

그렇다면 러닝이란 무엇인가?
—사소한 이유에서 출발한 신체활동을 통해 어제의 나보다 나아진 나를 체험할 것을 기대한다. 러닝을 통해 나약했던 과거의 나로부터 도망치는 재미를 기대한다. 남보다 빨라지는 것은 그다지 재미있지 않다. 어차피 남이 아닌가? 자기 갱신의 체험은 자기 스스로 자신의 몸과 육체를 돌보고 있다는 감각을 주고, 그 감각을 익힌 사람은 속도에 매인 러닝을 거부한다. 오직 나만의 페이스면 된다.

생애 첫 마라톤 2019. 4. 15, 호남국제마라톤대회

    생애 첫 달리기 대회를 출전했다. 다른 달림이들이 보기엔 햇병아리 수준이지만 나는 나름 인생 첫 대회라고 긴장을 하며 연습했다. 그 과정 속 짧은 단상. 마라톤을 왜 인생에 비유하는지 알 것만 같은, 고작 10km 뛰어 본 초짜 러너의 변이다.

    살아가다 보면, 뛰어가다 보면 숨이 헉헉 차올라 모든 걸 포기하고 싶어지는 그 고비의 순간들이 찾아온다. 이 터널의 출구는 어디인지 희미하기만 하고 허덕임에 빠져 나의 시야는 바로 코앞에만 머문다. 그럼에도 불구하고 주어진 길을 완주하기 위해서는 스스로에게 반복적인 주문을 걸어야만 했다.

    첫째 '끝은 있다'는 외침. 내가 달리는 이 길과 나의 인생엔 결국 종점이 있다. 만약 이 고통의 순간에 끝이 없다면 더 이상 달려야 할 이유도 소망도 사라진다. 끝은 반드시 있으니 조금만 더 버티자.

    둘째 '나는 할 수 있다'는 외침. 다 때려치우고 싶을 정도로 힘든 삶의 순간, 그 최악의 순간을 지날 때에는 주위의 위로와 격려가 아무짝에도 쓸모없다는 것을 알았다. 잘 들리지 않을뿐더러 나는 내가 듣고 싶은 말만 기다리고 있다. 나의 내면과의 싸움에서 철저히 이겨야 할 이유가 여기 있다. 스스로의 동기부여는 매우 중요하다.

    셋째 '버텨야 할 이유'의 상기. 레이스를 포기하고 싶을 때마다 사랑하는 가족들을 떠올려 본다. 아들, 와이프, 부모님 등 다른 부연적인 세뇌가 필요 없이 버려야 할 에너지가 공급된다.

그렇게 무사히 완주를 마친 후, 머릿속 리뷰를 통해 나그넷길을 순례해야 하는 남은 인생에도 작은 깨우침을 얻는다.

첫째 '페이스 조절'을 잘하자. 우리 삶의 여정은 남들과의 경쟁이 아니라 나 자신과의 경쟁일 뿐이다. 나의 페이스대로 완주하는 것이 곧 성공이다. 그 페이스를 아는 깃, 곧 분수를 아는 삶, 오버페이스로 그르치지 않는 것, 곧 과욕을 버리는 삶이 중요하다.

우리는 서로 다른 달란트를 부여받아 이 땅에 보내졌다. 그렇기 때문에 부여받은, 혹은 받지 못한 달란트에 대해서는 스스로 인정하고, 성경이 말하는 착하고 충성된 종처럼 각자의 위치에서 노력을 다했다면 모두가 칭찬받아 마땅하다. 하지만 이 사회는 그렇게 호락호락하지가 않다. 획일화된 잣대를 들이밀고 그 잣대로만 서열을 매긴다. 프레임에 갇힐 때 평생 그 프레임에 얽매여 살 수밖에 없다. 나의 분수를 인정하고 나에게 맞는 목표를 기억하며 항상 '라곰'한 상태를 유지하자.

둘째 '나만의 정답'을 스스로 찾자. 소위 인생을 좀 편하게 사는데도 요령이 있는 것처럼 마라톤에도 잘 뛰는 착지법, 호흡법, 장비들을 포함해 많은 이론이 있었다. 하지만 그것들이 특정 모델이 될 수는 있어도 나의 인생에서도 똑같이 적용되는 정답이라고는 말할 수 없었다. 나에게 맞는 답은 나 스스로가 찾아야만 한다.

셋째 '전력 질주' 구간을 준비하자. 그렇게 나만의 페이스로 살아가는 여정 중 어느 순간엔 폭발적으로 치고 달려야 할 순간이 분명하게 존재했다. 중요한 것은 그때가 언제임을 알아차리는 것이다. 그 순간을 분별하는 지혜와 체력을 구한다.

빈 수레가 요란하다는 것을 새삼 느끼게 해준 말 많은 마라톤 초짜의 마라톤 체험기 끝.

선택의 행복 2020. 11. 10.

오늘은 뛸까, 뛰지 말까?
광주천을 뛸까, 트랙을 뛸까?
7km를 뛸까, 10km를 뛸까?
음악을 듣고 뛸까, 음악 없이 뛸까?
EDM을 들을까, 밴드 곡을 들을까?

달리기를 하는 문제만 해도 수많은 선택이 연속된다. 내가 고를 수 있는 선택지가 많다는 것은 분명 행복한 일. 이 옷을 입을지, 저 옷을 입을지, 이 신발을 신을지, 저 신발을 신을지 등 무엇을 선택해도 그다지 중요하지 않은 문제들이지만 고민의 과정은 나를 즐겁게 만들어 주기도 한다.

우리는 기분에 따라 좌시우지되는 사람에 대해 보편적으로 말하길 "덜 성숙하다, 즉흥적인 사람이다"라는 부정적인 프레임을 씌우지만 기분의 문제는 때론 문제의 전부가 되기도 한다. 사소한 일을 가지고 스스로의 기분을 Up시키는 능력도, 내 기분을 마음껏 즐길 줄 아는 능력도 인생에서 매우 중요한 일이다.

　반대로 인생에 큰 영향을 주는 중대 문제를 앞두고 선택지가 많아진다면, 행복함보다는 불안함에 계산기를 먼저 두드려보게 되고, 매우 바쁘고 긴급한 상황에서, 시답잖은 고민에 대한 많은 선택지는 사칫거리가 되어 버린다.

　부딪쳐야 하는 전자의 부분은 내버려 두더라도 후자의 경우는 스스로 여유를 확보하려는 노력을 통해 '선택의 순간'을 '행복의 순간'으로 바꿔 버릴 수 있다. 조급함을 버리고 여유를 확보해야 한다. 스스로에게 집중하며 여유를 찾기엔 달리기가 정말 최고인데… "나는 겨울에도 러닝을 계속하겠다"라는 이 결론을 내기 위해 이렇게 빵빵 돌아온 것인가.

　선택할 수 있는 행복을 누리기 위해 조금 더 열심히 살고 싶다. 시간이 남아서 운동을 하는 것이 아니라 운동을 하기 위해 아들이 깨기 전 새벽런을 하고, 교통체증 시간을 상쇄하기 위해 퇴근런을 활용하는 이 생활과 출근을 하는 버스 안에서 막간을 이용해 책을 읽는 시간들.

　그렇게 찾은 잠깐의 내 시간들이 내 삶에 큰 활력을 가져다준다. 더 쪼고 쪼아 내 시간을 조금이라도 더 만들고 싶다. 해보겠다는 마음에는 방법이 따라 나오고, 못 하겠다는 마음에는 핑곗거리가 마중 나온다.

끝난 후 알게 되는 것   2019. 11. 9, 담양 메타세쿼이아 마라톤대회

대회가 끝나고 홈페이지에 올라온 사진을 보고 나서야 이렇게 멋진 곳을 내가 뛰었었다는 사실을 알게 되었다.

다 지나고 되돌아보며 그렇게 알게 된다. 지나간 우리의 20대 시절도 그러하였고, 우리의 학창 시절이, 또한 연애 시절이 그러하였다. 그때는 알지 못했다. 망각의 동물인 우린 또다시 길을 다 지나쳐온 후가 되어 '그때가 그래도 아름다웠었구나.' 하고 깨닫게 될까? 앞만 보느라 놓쳤었던 멋진 길들에 대한 아쉬움이야 지나가 버린 일일 터, 새 레이스는 다시 시작된다.

너무 빠르지도 그렇다고 너무 느리지도 않게 내 가슴이 건강하게 쿵쾅거리는 그 능력에 맞춰 나만의 페이스대로 가고 싶다. 너무 높아지려고도, 너무 가지려고도 하지 않고, 나에게 허락된 달란트와 환경에 불평하지 않으며 삶이 이끄는 데로 가고 싶다.

마라톤의 영광은 기록보다는 '완주' 그 자체라고 생각한다. 동행하는 페이스메이커가 있다면 너무 좋은 일이겠지만 결국 해내야 하는 것은 나 혼자만의 몫이며 모두 각자의 레이스를 펼칠 뿐이다. 처절하고 고독한 레이스 속 널쳐야 할 것들을 우수수 떨쳐버린다.

웃으며 레이스를 즐기는(미친놈인가) '낭만 러너', '낭만 마라토너'로 그렇게 마라톤 풀코스도 감히 도전해 보고 싶다. 오버하지 않고 천천히 내 길만, 내 속도로 간다면 할 수 있을 것만 같은 근거 있는 자신감!

생전 1도 관심이 없었던 달리기, 나는 왜, 무엇 때문에 미치게 된 것일까?

야간런의 기대   2020. 10. 5.

와이프가 좋아하는 잉어빵을 사들고 퇴근을 했다. 연휴 기간 가족들과 함께 초록초록한 자연을 많이 보러 간 것을 두고 "너무 좋았어."라고 한 와이프의 말을 얼른 주워 담아 '그래 이때다!' 오늘이 기회다 싶었다.

> 글치, 나 어학연수 때 여행 다니면서 기억에 남는 곳을 다시 생각해 보니까, LA도 SF도 NY도 아니더라. 그랜드 캐니언, 브라이스 캐니언…, 요세미티, 자이언 국립공원… 죄다 자연이었어. 근데! 이상하게도 라스베이거스 야경만은 잊히지 않더라. 맨날 산 보며 강 보며 뛰는 것도 좋긴 좋은데 야간에 시티런 하는 것도 그런 기분일까? 야간 네온사인 조명이 또 매력 있잖아~

하며 슬슬 본론으로 들어간다.

🐧 난 안 가봐서 모르겠는데? 그 얘기 한 100번은 들은 거 같애.

휴우~ 역시 그녀는 소방수, 아들이 30개월 정도 되어도 야간런을 못하는 건 환경의 문제도 아닌 것 같고, 협상의 문제? 아님 평소 행실의 문제? 아님, 와이프 마음의 문제?

잉어빵 정도로는 안 되는 거라면 그렇게 보내 줄 것처럼 맛있게 먹지를 말지, 괜히 기대만 한가득하게 만드는 그녀. 그러다 셋이 함께 유모차를 끌고 나와 아파트 단지를 뺑뺑, 무려 3km나 걸었다.

'그래, 나에겐 여기가 라스베이거스지. 다시 가고 싶다는 말은 안 할게.'

야간런의 승인을 재가받기 위해선 와이프에게 더 많은 마일리지를 적립해 두어야 함을 느낀 날.

우주를 위한 달리기   2020. 10. 14.

마라톤 대회에는 대부분 반환점이 있었다. 뛰고 있으면 훨씬 먼저 반환점을 돌아 내 옆을 쌩~ 지나가는 러너들을 마주하게 된다.

'와 빠르다~ 캐간지 뿜뿜!!'

이선 뭐 언예인을 보는 듯한 느낌과 거의 흡사하다. '그 사람들을 보며 나도 힘을 내야지!'라고 하지만 역시 연예인은 연예인이고 나는 평민임을 깨닫는다. 어설프게 따라가려 오버하면, 일찍 퍼져 망한다. 나는 내 페이스대로 가야 할 뿐이다.

그렇게 조금의 시간이 지나면, 자기의 한계와 씨름하며 각자의 레이스를 펼치는 다른 러너들이 눈에 들어오게 된다. 이미 앞서간 연예인들이 골인을 했건, 진즉 귀가를 했건, 동료들과 2차를 갔건 그건 내 관심사에서 떠난 지 오래다. 마라톤은 혼자와의 싸움이라고 하지만 내 옆 그리고 앞, 뒤의 많은 러너들은 달리고 있는 나에게 큰 에너지를 전달해 준다. 그렇게 우리들은 서로 에너지를 주고받으며 함께 간다.

살아가다 힘겨울 때 다시 한번 나를 일으키는 것도 현실에 없는 저 멀리 이상의 사람들이 아니라 각자가 현재 밟고 있는 땅에서 최선을 다해 묵묵히 살아내는 사람들이더라.

뜬금없이 달리다가 나를 위해서 나의 사람들을 위해서 조금 오버한다면 이 우주를 위해서 좀 더 열심히 살아 보기로 마음먹어 본다.

경험의 문제 2020. 11. 20.
~~~~~~~~~~~~~~

한 번 뛰기 시작하면 기본적으로 10km는 뛰었다. 10km는 나에게 루틴이자 최소한의 영역이었다.

오늘은 DNF(Do Not Finish)한 이해할 수 없는 날이다.

억지로 몸을 끌고 나간 날, 막상 뛰어 보면 의외로 몸이 가벼워 놀랐었던 일과 컨디션이 좋다고 생각되는 어느 날(오늘처럼) 막상 뛰어 보면 이상하게도 몸이 무거웠던 경험을 한다. 이 모두 직접 뛰어 봐야만 알 수 있게 되는 것들이다.

컨디션이 좋아 기록이 좋을 것 같았는데 초반 오버페이스로 마지막에 퍼지는 경우도, 나쁜 컨디션을 감안해 느리게 출발했더니 마지막에 힘이 남아 의외의 기록이 나는 경험도 한다.

'해봐야 아는 것이고, 끝까지 가봐야 아는 것!'이며 '머리로 계산하는 것이 아니라 몸으로 부딪치는 사람'. 그게 바로 러너다. 러닝은 앞서가는 것이 아니라 그저 가야 하는 것이다.

드디어 야간런 2020. 10. 19.

와이프가 저녁에 자기 손님들을 집으로 초대해 중대한 이야기를 좀 나눠야 하니 "걸리적거리지 말고, 밖에 좀 나가 있어~"라고 출근 전에 말을 해준다. 아니! 이 행복, 달콤, 상콤 블라블라~한 말을 대체 왜! 미리미리 말해 주지 않았던 거지? 이런 황금 같은 시간을….

"그 손님들 우리 집에서 자고 가시라고 해도 되는데~?!"

"나도 오늘 친구 누가 재워 준다는데~"

라는 나의 공격 루트를 사전에 완벽 차단해 버릴 줄 아는 이 여잔 진짜 초고수다.

급하게 생긴 나만의 시간엔 코로나19로 인해 누구를 만나기도 부담스러워 퇴근 후 곧장 도서관으로 향해 책을 대여한다. 그리고 빵집으로 곧장 가 끓은 커피 대신 우유 한 잔에 달콤한 빵을 입에 넣기 시작한다(달리려면 탄수화물 충전). 디저트로 달콤한 아이스크림까지 먹으면 이것이 찐 행복 아니겠는가? 그리고 마무리 퐈~안타스틱 야간런까지!!!! 라스베이거스가 여기지 뭐^^

항상 행복한 시간은 총알같이 지나가고 순식간에 흐른다. 벌써 한숨 쉬며 불쌍한 척 연기하며 집에 들어갈 시간이 되어 버렸다(보고 싶었다는 말과 함께♡).

이제는 내가 이 시간과 헤어져야 할 시간 다음에 또(자주자주자주) 만나요.

설득의 어려움   2020. 10. 30.

올 초, 인생 첫 풀코스 도전을 신청했었다.

와이프에게 독박육아를 부탁하고 지방에서 서울까지 혼자 올라가

1박 2일을 즐기다 오는 것에 대한 미안함에도 꼭 해보고 싶다는 마음을 강하게 전달하기 위해 대회장에서 느껴지는 그 에너지와 긴장감, 내 각오를 주저리주저리 설명했었다.

"나에게 있어 지방대회를 출전한다는 의미는 너에겐 홍대 공연장에서 열리는 최애 인디밴드의 콘서트를 관람한다는 의미이고, 메이저 마라톤 대회에 출전한다는 건 너에겐 문화의 전당이나 올림픽 체조경기장에서 관람을 하는 것이라 말할 수 있을 것 같아. 음… 보스턴 대회에 출전한다는 건 글래스턴 베리 페스티벌에 가는 것과 비슷한 일이겠다. 근데 아무리 생각해도 피니시 라인을 통과할 때 그 느낌은 대체 어떻게 설명을 해야 할지 모르겠어. 그건 진짜 뛰어 봐야만 알 수 있는 감정인 듯…."

하며 나만의 준비된 시나리오대로 대본을 읊기 시작한다. 언제나 그랬듯 와이프는 별 관심도 없고, '어차피 하고 싶은 대로 하겠지'라는 반응을 보인다. 안 뛰어 본 사람을 설득하는 일은 참 어렵다.

어찌 되었든 이런 설득이 빛을 발하기도 전, 코로나19로 현장 대회는 전부 취소되었다. 나는 그럼에도 불구하고 굴하지 않는다. 언택트 버추얼 대회라도 출전하겠다고 다시 설득과 동의를 구한다. 그건 평소에 10km씩 퇴근하며 뛰어오는 거랑 뭐가 다른 거냐고 혼자 생쇼하는 거임? 이라는 눈빛을 막 보내기 시작한다.

'음… 기념품이 받고 싶어 출전했다고 하면 믿어 줄래?'

'사은품으로 주는 나이키 기능성 티 이거 통기성 장난 아닌데….'

'손기정 평화 마라톤 대회는 조끼랑 배낭도 준댔어….'

달릴 수 있는 명분이 있다면 그건 당연히 달려야 할 일이다. 그런 거 없으면 나는 명분을 만들어서라도 달릴 거야.

아니… 그냥… 알고 있으라구…. 달리기는 나에게 그런 존재야.

선한 영향력   2020. 9. 14.

광주천을 뛰다 보면 종종 다른 러너들은 마주치게 된다. 고개를 숙여 목례를 하면 '푸쳐핸섭' 하며 미소와 함께 큰 에너지를 전달해 주시는 분들이 계신다.

며칠 후 주로에서 다시 그분을 마주친다. 또다시 "파이팅! 힘내 힘내!" 하시며 '푸쳐핸섭' 손을 올려 주신다. '내가 많이 힘들어 보였나?' 싶어 그분을 마주친 뒤로는 일부러 입가에 미소를 띠며 뛰는 척을 해본다(러닝할 때조차 남 눈치 봐야 하나?).

나도 저런 에너지를 주는 러너가 되고 싶다고 생각을 해본다. 함께 운동할 때나 대회 때 뿜어지는 아드레날린 효과도 아닌 오랜 러닝의 내공에서 나오는 저 여유와 미소를 본받고 싶었다.

잘 뛰는 자의 여유에서 에너지가 나오는 것이 아니라 즐기는 자의 여유에서 나오는 에너지가 저런 것일까? 이 또한 선한 영향력일 테라.

즐기는 낭만 러너가 되기로 한 것을 다시 상기시켜 본다.

오늘도 뛸 수 있어 감사했다.

10km의 작은 천국　2020. 11. 18.

'인생은 마라톤과 같다?'라는 이 명제는 인생에서든 마라톤에서든 '노력은 배신하지 않는다, 끝까지 가봐야 아는 것이다'라는 이유 등을 필두로 모든 달림이들에게 명언이 되었다.

꾸준히 하다 보면 기록은 반드시 향상되고 조금만 게을러도 퇴보되는 이 성실함의 측면과 누군가의 도움을 통해서는 해낼 수 없고 오롯이 자기의 두 발로만 도달해야 하는 공평함의 측면에서 이를 다시 한 번 바라보자.

그렇다면 인생은 마라톤과 같다고 말할 수 없다. 삶은 그렇게 공평하지 않았고 성실하지도 않았다. 인생에서는 노력이 배신하는 일도 생각보다 비일비재했고, 출발선 자체가 서로 너무 다르기도 했으며, 끝까지 가보지 않아도 이미 승패를 알 수 있는 일들로 가득 차 있었다.

'인생도 좀 마라톤 같으면 좋겠다'고 생각했다. 성실하고, 공의롭고, 공평하고, 거짓 없고, 사랑이고… 마라톤의 특성을 언급하고 있지만 엇? 이것은 신의 속성이지 않은가?

마라톤 대회를 출진한 다른 달림이들을 보며 성경 속 이야기를 떠올렸다. 속도에 연연하지 않고 자기만의 고유 페이스를 가지며 각자가 성실을 다하는 모습은 마치 마태복음의 달란트 비유를 현실에서 보는 듯하였고, 먼저 레이스를 마친 달림이들이 자신보다 뒤에 들어오는 주자들을 향해 파이팅을 외쳐주며 자기 자신과 힘겨운 싸움을 끝낸 후 모두가 다 함께 챔피언이 되어 축제를 즐기는 그 모습 또한 마치 마태복음에서 언급된 포도원 품꾼 비유를 통해 보여주는 천국의 모습을 현실에서 보는 것 같았다.

아, 그렇다면 마라톤은 종교의 영역이라 말해야 하는가?

그렇게 나는 마라톤을 통해 천국을 미리 경험하고 있다. 내가 최종 도착할 그곳에서 얻을 환희와 상급을 바라보며 지금의 순간을 최선을 다해 버티며 달리고 있다. 그런데 종착지를 향해 달려가는 그 과정마저도 행복하다면 이 땅에서의 천국도 누리는 것이 아니겠는가?

매일 매일 그렇게 천국을 경험한다. 오늘도 10km의 작은 천국에 다녀왔다. 천국은 멀리 있지 않았다.

선수촌 입성 2020. 12. 15.

말 많고 탈 많은 지주택 아파트가 드디어 착공에 들어갔다고 한다

(왜 지주택을 다들 말렸었는지… 저도 누가 한다면 말릴 겁니다…). 실제 그곳에 가서 살게 될지, 처분을 할지의 결정은 막상 그 시간이 가까이 온 후에야 상황에 맞게 판단할 문제이지만, 사람이라는 것은 미리 변수를 예상해 실익을 따져 보고 싶어 한다. 그렇게 나 또한 지금과 달라질 환경들을 미리 상상해 보게 된다.

아파트 단지 둘레 길이 1km 정도가 나온대~ 저녁이든, 새벽이든 이제 그 코스를 뛰면 딱 될 거 같애~ 밥 먹고 같이 나와서 너는 준이랑 산책하고 있어도 되겠다~ 아 근데 여기서 회사까지 영산강 자전거 길을 따라 퇴근런 하면 16km더라고, 이제 매일 퇴근런 하려면 무리겠는데… 지금부터 몸을 만들어 놔야겠어….

좋아? 무슨 달리기 하러 이사가? 선수촌 들어가? 다른 것들은 안 따져 봐?? 정신 좀 차려~

'앗차! 나 달리기 때문에 이사하는 거 아니지!'

요즘 소방차는 참 빨리 출동한다. 경찰차 출동 안 한 게 다행인 건가?

그 정도로 나는 달리기가 좋다.

어떻게 죽을 것인가　2016. 9. 12.

올 초부터 사이버대학으로 공부하고 있는 사회복지사 자격증 코스
가 이제 마지막 현장실습만을 남겨두고 있다. 자격취득을 위해 내가
120시간의 실습을 하기로 한 곳은 화순의 한 작은 요양원이었다.

#1

중증 치매에 걸리신 할머니를 1시간만 케어해 보라고 하신다. 몰래
요양원을 도망 나오신 이력이 많아, 특별 관리이신 분이신데 5분도
안 돼 같은 말을 계속 나에게 물으신다.

"어이, 자네는 부모님이 살아 계신가?"

"네, 살아 계십니다."

그리고 5분도 안 돼 똑같은 질문을 또 하신다.

"어이, 자네는 부모님이 살아 계시는가?"

또 5분도 안 돼 똑같은 질문을 하신다.

"어이, 자네는 부모님이 살아 계시는가?"

처음에는 화가 점점 나서 나도 목소리가 커지다가 30분 정도가 지나자, 점점 할머니가 측은해진다. 할머니는 진지하시다. 그래서 나는 화를 낼 수가 없었다.

돌아가신 할머니가 갑자기 무척이나 보고 싶었다. 치매에 걸려서 부모님을 무척 힘들게 하셨기에 할머니를 무척이나 싫어했었는데. 이제 와서 할머니가 너무나 보고 싶었다. 잘 할걸. 그러지 말걸. 맛있는 거 더 많이 대접할걸. 껄, 껄, 껄.

지금 살아계신 양쪽 두 부모님께라도 그러지 않도록 잘 하겠다며, 다시 한번 다짐한다.

#2

사회복지사 실습생으로 내가 할 수 있는 것은 무엇일까?

학문으로 배웠던 사회복지와 실제 요양원의 현실은 너무나 달랐다. 단지 가슴 따뜻한 사람이 사회복지사 업무를 하는 것이 아니었다. 이 분들에게도 이것은 직업이고 생계유지 수단이다. 따뜻한 마음으로만 이 일을 한다면, 내 몸이 먼저 부서질 것 같다.

의식만 있지 아무것도 자력으로 하실 수 없는 어르신들은 돌보고 도움을 드려야 할 대상이기도 했지만, '한 분 한 분이 시설의 수입원 이다'라는 생각이 이미 사회복지계에도 만연함을 느꼈다. 교회도 복지시설도 결국 밥벌이 수단으로만 전락하게 되는 건가?

나는 왜 사회복지를 하는가에 대해 진지한 고민이 다시 필요한 시기이나.

#3

짧은 시간이라도 요양원의 어르신들과 같이 있고 나면 온 기력이
다 빠지는 거 같다. 나의 노후는 어떤 모습일까를 생각해 본다. 나도
이런 시설에서 인생을 뒤돌아보며 숙연히? 생을 마감할 수도 있을 것
같다는 생긱이 들었다.

#4

결혼 1주년을 맞아 와이프와 1년 전의 다짐을 되돌아본다. '우리는
남들과 다르게 살자' 하며 '무엇이 다를 것인가?'를 서로 물었었다. 그
리고 '어떻게 살아갈 것인가'에 대해 함께 답을 찾아가 보자고 했었다.
현장실습을 하며 느낀 감정들을 와이프에게 털어놓으며 오늘은 '어
떻게 살아갈 것인가'에서 '어떻게 죽을 것인가'의 문제로 방향을 바꿔
이야기를 나눠 보기로 한다. 느낌과 무게감이 사뭇 다르다. 지금 서로
의 상황이 힘들다고 불평하는 것이 크게 의미가 없음을 느꼈다.
죽을 생각을 하니 지금 순간이 더욱 의미 있게 다가왔다. 나는 나대
로 와이프는 와이프대로 지난 1년간 치열하게 참 잘 살아왔다며 서로
를 격려했다. 내가 먹여 살릴 테니까 집 없고, 조금 덜 입고 덜 먹어도
인간 냄새 풍기며 살고 싶다고, 회사 때려치워도 좋으니까 스트레스
그만 받고 오빠 웃는 거 보고 싶다고, 하고 싶은 거 해보라는 와이프
의 말에 더욱 버틸 힘이 생겼다.

결혼 참 잘 한 거 같다. 와이프도 같은 생각이었으면 좋겠다.

이런 멘트는 반드시 기록해 놓아야 한다. 평생 서로 이런 마음이었으면 좋겠다.

정확하지 않은 기억   2020. 11. 24.

팩트는 이렇다.

개인 운동 시간을 허락해주는 와이프에게 고마운 마음을 물질로 표현할 주머니 형편은 안 되니, 말이라도 이쁘게 하자 하고 와이프가 최근 보고 있는 책 사이에 몰래 편지를 써서 꽂아두었다. '봤을 텐데 왜 말이 없지?' 하고 그렇게 시간은 흘러흘러 내 기억에서 사라졌을 때쯤, 고운 말로 뒤늦게 화답이 왔다.

하지만!

정작 해석은 이렇다.

남편이 사랑한다고 써놓은 편지를 집안 어딘가에서 발견했다면 그건 비상금일 확률이 높다. 돈도 분명 같이 있었을 것이다. Hoxy 비상금을 와이프에게 걸리더라도 그건 비상금이 아니라 남편의 이벤트로 둔갑되어 목숨을 잃을 법한 위기에서, 목숨을 하나 더 얻게 되는 대사기극이 된다는 것, 이미 인터넷에 관련 글들이 돌았다나 어쨌다나…

제실….

나는 졸지에 비상금을 숨기는 남편이 되었고 와이프는 수혜자에서 사기당한 피해자가 되었다. 팩트보다 중요한 건 이미 그렇게 알려져 버렸다는 것(언론 개혁이 이래서 필요하다고 하는군). 난 돈 넣어둔 적이 없는데… 편지만 썼는데… 난 비상금을 그렇게 허술하게 관리하지 않는데… 내가 편지에 돈도 같이 넣었나… 기억이(그랬다면 돈은 너가 먹고 연기하는 거?)….

정확하지 않은 기억. 진실은 무엇인가(차 트렁크는 뒤지지 말아 줘).

달리기와 전쟁 2019. 11. 17.

모처럼 아빠들끼리만 모여 라이딩을 달렸다. 와이프에게 고마움을 표현하려 독박육아를 자처하고 따로 포상 휴가를 주려고 하기도 전에 주말은 엄마가 친구들과 만나 알아서 맛집을 달렸다.

주일 아침이 되자 아빠는 새벽부터 집 앞을 달렸고 아들은 이에 질세라 장난감 자동차를 타고 집 안을 달렸다. 잠을 못 잔 탓에 오후가 되어 체력이 달리기 시작하자, 몸을 최대한 움직이지 않고 소파에 앉아 『달리기를 말할 때 내가 하고 싶은 이야기』라는 책으로 독서 달리기를 시작한다.

무라카미 하루키의 팬인 와이프는 나보다 먼저 이 책을 읽고서는 나하고 하루키가 닮은 점이 많다고 이야기의 문을 연다.

'하루키와 내가 닮았다니… 뭐가 닮았다는 것이지?'

한껏 기대를 해보며 "뭐가 닮았는데?" 하고 물으니

"둘 다 사회성이 조금 떨어지는 것 같아~"라고 한다. 선전포고닷! 달리기는 계속된다.

그동안 갈고 닦은 최첨단 무기들을 테스트하기 시작한다. 서로 많이 발전했음을 느낀다. 재래식 무기들은 집어넣은 채, 최대한 적은 단어를 사용하면서 에너지를 적게 소진하는 작은 목소리로 상대를 자극하는 현대전의 양상을 띤다. 쉽게 한쪽으로 기울지 않는 팽팽한 상황, 전쟁을 끝내려면 핵을 사용해야 하나 싶지만, 그 후유증이 어머어마하다는 것도 몇 번의 경험을 통해 잘 알고 있다. 잠시 아들을 38선

삼아 일단 휴전한다.

내 소원은 꿈에도 통일이다. 기왕이면 평화통일이 되어서 북쪽의 맛있는 메뉴로 저녁을 먹고 싶다.

달리기의 최후는 통일이어야 한다.

서프라이즈 2020. 12. 6.

며칠 전 와이프와 이야기를 나누며 깊은 찔림이 있었다. 오늘은 올해 첫눈 기념 서프라이즈로 집에 들어가는 길에 꽃을 사 가야지 다짐했다. 부부가 평생을 설렘으로만 살 수 없지만, 그럴 수 없다고 해서 아예 묻어버리고 설렘이 전혀 없이 살아가는 것도 고통스러운 일이라고 그랬지.

매사 시니컬한 나 때문에 전혀 설렐 일이 없다고 며칠 전 엄청 까였다. 대학 시절 아버지에게 '여자'와 '첫눈'에 대해서 들은 적은 있지만 그것에 대해 '배운 바'만 있지 어떻게 하는지에 대해 '본 바' 없이 자랐기 때문에 그저 아버지가 어머니에게 하신 대로 지나쳤었는데(아빠 디스 죄송…) 시대를 타고나는 것도 운명이다. 아들 준이는 '배운 바', '본 바'도 있게 자라도록 앞으로 솔선수범하기로 다짐한다(제발 오래가기를).

지금껏 손에 꼽는 꽃 선물이지만, 그래! 가끔씩 우리도 설레자!

나는 어제 너의 김치찌개가 설렜어♥ (김치는 장모님 김치였지.)

결기 2주년 2017. 9. 11.

　결혼 초, 그 언젠가 차 안에서

"오빠 나에게 반쪽이 아니라 한 쪽은 되는 거 같아."

하는 오글거리는 말을 와이프가 뱉었을 때, 나는 속으론 너무 기분이 좋은데 얼굴은 표정 관리를 하면서

"밸런스가 안 맞잖아~ 정상으로 돌려놔!"

하며 갑자기 핸들을 한 손으로 잡고 개폼을 잡았던 때를 꺼내어 다시 이야기한다. 결혼 2주년이라고 둘이 앉아 지난 시간들을 리뷰해 보며 '반쪽 타령, 쪽 타령도 다 때가 있는 거구나.' 하며 웃어 본다.

　같이 살아간다고 둘이 하나가 될 수는 없고, 그저 인생 여정을 지나면서, 손잡고 가다가 타인보다 더 멀게 가더니, 어느 날 같이 산을 넘고 파도를 넘고 있다는 것을 시시때때로 느끼며 가는 것이 부부 아니던가?

　'부부의 연'에 대해 깊이 생각해 본다. 지난 파도와 산은 앞으로 마주칠 것에 비하면 '새 발의 피'겠지만 손 잘 잡고 있자.

못 만났던 친구들을 편히 만난다. 읽고 싶었던 책을 차분히 읽는다. 하고 싶었던 운동을 실컷 한다. 스피커의 볼륨을 마음껏 올린다. 소파에 앉아 실컷 멍을 때린다. 종이에 생각들을 적어 내린다.

참 좋다, 하루하루가 너무 아쉽다.

매일 밤 일상을 나눌 그 사람이 없다. 진심 어린 충고를 해줄 그 사람이 없다. 깐죽거리며 장난칠 그 사람이 없다. 마음속 진심을 솔직하게 털어놓을 그 사람이 없다. 나는 다른 사람들은 잘 믿지 못하나 보다.

참 슬프다, 하루하루가 너무 아쉽다.

완전히 희거나 검은 것은 없다고 한다. 천천히 있다 와도 되고, 빨리 와도 상관없다. 그러니 "좋아, 안 좋아?" 하고 캐지 마라, 그대여. 아들, 너는 아직까진 아빠 없인 살아도 엄마 없인 못 사는 시기이며 나 혼자만 짝사랑 중이니 따로 언급하진 않겠다.

정기적으로
오롯한

나만의 시간, 너만의 시간

둘만의 시간, 셋만의 시간

그리고 비정기적인 일탈의 시간을 확보하자.

그 장소가 집이 될지라도

그 시간을 가득 담을 거리는 충만히 준비하겠다.

(아들 하나로도 이미 충만한 듯)

맛과 인생이란 내가 만족한다면 그걸로 된 거다.

굿 타임이었다. 이제 다시 문경으로,

이제 다시 육아 모드로!

비상금 2020. 11. 28.

　아빠들이 두려워하는 것 중 하나는 '와이프들끼리의 모임'이라고들 한다. 뭐 얼마나 켕기는 게 많길래? 나는 뭐 클리어 한 사람이니 잘 모르겠다. 그래도 누구나 그렇듯, 털면 먼지? 지폐 몇 장? 정도는 나오지 않을까 싶다. 그 정도는 나와 줘야 인간미가 있는 거지… 사람이 인간미가 없이 사는 것도 참 그렇다. 암… 암….

그렇게 딸려 비상금을 들겼다(내 카본 린닝화…).

"사실 그거 연말에 따뜻하게 보내려고 모아둔 것인데…."

라고 한 0.6초 늦게 말했을 뿐인데 주둥이를 안 맞아서 다행인가… 순간 버퍼링 아니 버벅거림으로 뿌룩나 버렸다.

이렇게 거짓말도 못 하고, 연기도 못 하는 것은 때 묻지 않은 순수한 남편이라는 반증이 아니겠나? 혼자 갑자기 모터를 입에 달고 만회를 해보려 주지리주지리 떠들기 시작한다. 마지막엔 언제나 "미안하다 사랑한다"가 되지만 나는 지섭이가 아니라 해섭이일 뿐이고….

오늘은 좀 더 뛰고, 최대한 늦게 집에 들어가고 싶은 날이다.

야간 드라이브   2020. 10. 20.

부부 모임으로 저녁 식사를 마치고 집으로 돌아오는 길, 오랜만에 갓동률 플리로 한껏 분위기를 잡아 본다(모든 게 내 계획대로 이뤄지길 바라면서).

> 오빠~ 들어도들어도 진짜 곡들이 미친 거 아님? 키보드 하나로 담담히 시작했다가 서서히 스트링 입혀지고 기타, 베이스, 드럼이 자연스레 들어오더니 마지막에 오케스트라까지 너무나 스무스 하지 않음? 이 시퀀스가 너무 완벽한 거 같음! 한 편의 영화

같잖아~

💬 글치글치, 왠지 오늘 밤에는 김동률 노래가 당기더라. 근데 나도 처음 달리기 시작할 때 러닝화 하나로 담담히 시작했는데 러닝복이 입혀지고, 액세서리가 자연스레 들어오더니 마지막엔 스무스 하게 풀세트가 갖춰지드라~ 이제 카본 러닝화가 들어올 시퀀스 같아.

💬 아이씨! 뭔 개솔임? 암튼, 김동률 곡은 Intro부터 딱 느낌이 달라달라!

💬 맞어맞어~ 명러너도 러닝화부터가 딱 다름다름.

💬 아이씨!! 말 안 해!! 음악 소리 좀 줄여!!

💬 아이씨!! 왜 화를 내?!!

요즘 날씨가 많이 추워졌다. 오랜만이야. 이런 뜨거운 밤 말이야. 파이어~

취미생활은 자기 용돈으로 하는 겁니다. 개수작 실패.

세상에 계획대로 흘러가는 일은 별로 없다.

경계에서   2020. 11. 11.

들숨에서 날숨으로 바뀌는 사이, 그 짧은 시간. 회사에서 집으로 이

동하는 사이, 그 짧은 시간. 그 사이. 곧 경계지짐이란 항상 중요하다. 자연스러운 호흡의 전환도, 아빠, 남편으로의 페르소나 전환도 항상 그곳에서 일어난다.

너와 나 사이의 경계에서 일어나는 일도 중요할 테다. 그곳에서는 무슨 일이 일어나야 하나?

그곳에서는 서로의 존재에 대한 명확한 인식이 일어나야 한다. 너는 너고, 나는 나. 이 인식은 실로 매우 중요한 것이다. 함께하는 영역은 말 안 해도 너무 잘 알지 않더냐(육아, 집안일, 육아, 집안일, 육아, 집안일, 데이트??).

같이 달리자, 라이딩 가자, 수영장 가자 강요하지 않을게(써놓고 보니 죄다 내가 좋아하는 것만 강요…). 그러니 지금처럼만 존중해 주자. 각자의 영역 말이야. 지금은 함께 못 하지만(하고 싶어 하긴 한 걸까…) 좀 더 키워 놓으면 좋은 때가 오겠지. 뭐든지 때가 있다고 했다.

지금 나는 달려야 할 때.

"잠깐만 나 좀 뛰고 올게~"

마법의 성   2019. 6. 7.

다시 도진 이명 증상이 나를 괴롭혔다. 잠 못 드는 날이 늘어나고 언제 터질지 모르는 불안함에 항상 미간을 찌푸리며 다니고 신경은 매일매일 곤두서 있다. 피부는 각종 알레르기로 나에게 시그널을 보낸다.

요즘 너무 버겁다고 와이프에게 털어놓고 가장 쉬기에 만만한 날을 골라 휴식을 좀 가지자고 의견을 모은 후, 모처럼 둘만의 시간을 보낸다. 가고 싶었던 식당과 조용한 카페에 들러 그간의 속마음도 털어놓는다. 핸드폰 속 '2019 아들 사진' 폴더에는 벌써 700장 넘는 사진이 담겨 있는데 '2019 너와 함께' 폴더엔 고작 10장도 안 되는 사진만 있더라는 푸념도 하며 둘만의 유치한 셀카도 남겨 본다.

요즘 이명으로 힘들 때마다 계속 위로를 주었던 노래는 스윗소로우 버전의 「마법의 성」이었다는 이야기를 꺼내며 한참을 노래 가사에 대한 나만의 해석을 풀어놓기 시작한다. 현실은 너는 마법에 빠진 공주가 아니고 육아의 성을 탈출한 엄마이고 나는 회사의 성을 탈출한 아빠지만 자유롭게 저 하늘을 날 수 있을 것만 같은 그런 시간이었다. 그리고선 함께 손을 잡고 공원을 계속 걸었다. 꼭 한참을 날아오른 것만 같았다.

어린이집 하원 시간이 될 때까지는! 말이다.

노래는 깨닫게 해주었다. '육아의 성', '회사의 성'뿐 아니라 이 세상의 여러 가지의 '죄악의 성'과 '피로를 주는 성'들에 둘러싸여 있을 때 자기 최면만으론 그것을 돌파할 수 없다는 것을.

노래 가사처럼 끝없는 용기와 지혜를 달라고 기도할 때, 마법의 성

을 지나 늪을 건너는 시간이 오고 그 고독한 광야에서의 시간을 견뎌
내다 보면 어둠의 동굴 속 멀리 뭔가 감지하게 될 것이라고… 빛이 보
이는 그 길을 따라갈 때만 우리를 가둬두는 쇠사슬에서 벗어나 자유
를 얻을 수 있다고….

우리 앞에 펼쳐질 소중한 세상을 기대해 본다!

"이제 나의 손을 잡아 보아요~"

04
달리는 이유들과 마주하기

달리는 이유 1   2020. 10. 11.

주말은 선택권이 없다. 무조건 가족과 함께하기로 한다. 그래서인
지 주말이 되면 나만의 시간이 더욱 간절해진다. 문득 그런 상상을 해
본다. 만약 나에게 혼자만의 시간이 주어진다면 나는 무엇을 할까?

30분? 독서? 결국 5km 러닝 하겠지.

1시간? 수영? 결국 10km 러닝 하겠지.

2시간? 영화? 소설? 결국 20km 러닝 하겠지.

3시간? 등산? 라이딩? 결국 30km 러닝 하겠지.

4시간? 그럴 일은 당분간 없겠지.

(아들이 외갓집을 그렇게 가고 싶어 하는데…)

부상으로 러닝을 못 할 시기라면? 친구를 만나겠지.

그동안 묵혀 놓은 잡다한 이야기를 펼쳐야 하니까.

육아 이야기? 회사 이야기? 러닝 이야기하겠지.

주말에 시간이 없다면? 새벽에 얼른 뛰고 오겠지.
몇 년간은 아마 그러겠지(그럴 수밖에 없겠지).
몇십 년이라도 몸이 뛸 수만 있다면 감사하겠지.

달리는 이유 2   2020. 10. 12.

살을 빼야 하니 달린다.
더 찌는 것을 막아야 하니 달린다.
혹시 빠지기라도 하면, 희망이 보이니 달린다.
목표에 도달하면, 유지해야 하니 달린다.
그런 일은 없을 테니 계속 달린다.

달리는 이유 3   2020. 10. 13.

기분이 우울하면 풀기 위해 달린다.
기분이 좋으면 즐기기 위해 달린다.

모르겠으면 어떤 감정인지 느끼기 위해 달린다.

생각이 많으면 없애기 위해 달린다.
생각이 복잡하면 정리하기 위해 달린다.
생각이 없으면 생각 없이 달린다.

그러다 다시 생각이 많아지면 처음으로…
그렇게 계속 달린다.

달리는 이유 4 2020. 12. 1.

내가 원했던 대다수의 기본 욕구들은 충족이 되어버린 후가 되면 맘이 바뀌어 버리더라. 꼭 화장실 가기 전후로 마음이 달라진 것처럼… '원했고'에서 결국 '했고', 마침내 '원망했죠'가 된다(Feat. 애즈원).

"너무 고민하지 말자~ 일단 먹어버리자~ 마시자~ 사 버리자~ 즐기자~ 뒷일은 그때 가서 생각하자~" 하고선, 일을 먼저 저지른다. 그리고 나중엔 혼자 현자 타임을 가지지….

다시 "아니야~ 그때 즐거웠으면 된 거야~" 하고 승리한다(정신이).

달리기는 그렇지가 않았다.

앞보나 뒤가 항상 개운하다.

오늘도 역시 그랬다.

그림의 끌림   2020. 11. 3.

　낭만주의고, 사실주의고, 신고전주의고 바로크고, 로코코고 블라블라블라 나발이고 역사의 연장선에서 벗어나 그림을 논하면 '그알못'이 되는 걸까? 지금 나의 감정 상황을 끌고 와 내 식대로 해석해서 힐링했다면 되는 거 아닐까? 모르는 분야의 문턱을 넘을 땐 이런 고민을 먼저 하게 된다.

　달리기와 독서가 나를 찾는 수단이자 도피처이듯 그림도 결국 인간을 위해 존재하는 것 아니었던가? 무지일 때 오히려 거리낄 것이 없는 것이다. 미술관에 가게 되는 날이면 나는 그냥 첫눈에 끌리는 그림으로 곧장 가 그 앞에서 내 모든 감정을 쏟아내 버린다. 그 작품에 대한 배경과 기술적인 부분을 알게 되면 나의 느낌과 감정이 특정 프레임에 갇혀버리는 것만 같았다. 그렇게 한 그림 앞에 서서 몇십 분 명을 때리면 불멍, 런멍, 산멍 못지않은 효과가 있는 것 같았다.

　인생도 이렇게 살아야 하나 싶을 정도다. 틀에 갇혀만 살지 말고 내 마음 가는 대로 느끼면서….

　달리기가 좋은 이유도 그렇다. 이것저것 분석을 해서 달리기가 어디에 좋고 어디에 어떻게 영향을 미치는지 아는 것은 그다지 중요한 것이 아니다. 그것을 알고 뛰는 사람보다 일단 뛰고 났더니

"아 러닝의 매력은 이것이구나~"

하고 느끼는 달림이들이 더 많으리라 생각한다. 누군가 내게 달리는 게 왜 그렇게 좋으냐고 묻는다면, 어떤 점을 제일 먼저 꼽아야 할지가 당장 떠오르지 않는다.

"너도 한번 뛰어 봐!"보다는 "같이 한번 뛰어 보자." 하며 나의 설명이 아닌 너의 몸의 설명을 들어 보라고 하고 싶다.

새벽 러닝 2020. 9. 6.

며칠 잠을 잘 자나 싶더니 다시 잠을 뒤척이고 화장실을 여러 번 왔다 갔다. 두 시간 남짓 잠이 드는 것 같더니 5시 30분 출근 시간에 맞춰 신체의 모든 영역이 활발해진다.

이렇게 잠을 못 이룬 날은 하루 종일 예민해진다. 그렇다고 다시 잠을 청하면 다음 날 리듬이 깨지게 되니 이러지도 저러지도 못하는 상황. 이럴 땐 이불 밖으로 얼른 나와 활동을 해버리는 것이 더 효율적이라는 것을 경험을 통해 알고 있다.

재빨리 옷을 갈아입고 집 앞 광주천을 천천히 걷는다. 얼굴은 붓고 눈조차 잘 떠지지 않지만 이내 상쾌함을 느낀다. 몸이 어느 정도 이

완된 섯 같으면 존 메이어의 「Still feel like your man」을 시작으로 가볍게 조깅을 시작한다. 몸 컨디션은 안 좋지만 뛰면 뛸수록 몸이 점점 가벼워지는 이상한 체험을 하게 되고 어느덧 목표했던 10km를 완주하니 상쾌한 기분이 든다.

그렇게 잠과 상관없이 하루를 기분 좋게 시작할 수 있게 된다. 달리기의 힘은 그런 거다.

심리적 조망권　2020. 12. 9.

자기 상황에 대한 심리적 조망권을 확보해야만 그곳에서 자기의 마음을 정돈할 수 있다고 한다. 나는 그 심리적 조망권을 달리기를 하며 확보하였다.

이 조망권을 침해받고 싶지 않다.

소송 걸 수도 있다.

구매의 명분　2021. 1. 1.

오랜 연애 기간에도 사소한 말다툼 한번 없었던 잉꼬 커플은 결혼

까지 성공해 사랑의 결실인 아기를 선물로 받고 끊임없이 나오는 꿀로 인해 더욱더 달달한 사이가 된다.

"그렇게 해서 둘은 평생 행복하게 잘 살았답니다." 하는 어느 동화의 결말처럼 마무리가 되면 좋겠지만 실제 그 시간들은 몇 개월일 뿐, 시간이 조금 더 흐르자 부딪칠 일들이 파도처럼 물밀듯 밀려오기 시작한다. 서로 신경이 곤두서 있어 말을 섞기만 해도 금세 싸움으로 번지지는 않을까 하는 조마조마한 마음으로 한동안을 보내기도 한다. 그런 날이 올 것이라고는 전혀 상상도 못 했었다. 표면적으론 서로에 대한 불만이 원인처럼 보이지만 진짜 근본적인 이유는 상대방에게 있는 것이 아니라 답답한 나 자신의 마음에 있었다.

육아는 서로를 그렇게 만들었다. 육아 앞에서 나 자신은 없어져 갔고, 무언가 계획을 세운다는 건 별 의미가 없는 행위였으며 손끝 하나 움직이기 힘든 체력의 한계 앞에선 애석하게도 가장 가까운 사람을 향해 분노를 표출하기가 다반사였다.

한편, 아들은 초예민한 기질과 잦은 병원행으로 엄마 아빠를 너무나 힘들게 했다. 아이가 없었다면 나를 힘들게 했을 여러 질병들 또한 생기지 않았을 것이다. 살면서 인생의 밑바닥을 많이 찍어 봤다고 했지만 진짜 밑바닥은 아들이 태어난 후 시작된 육아의 암흑기였다(그래도 아이 자체는 사랑이다).

그런 상황에서 달리기는 나를 구원했다. 분노의 감정을 누군가에게 쏟아낼 필요가 없었다. 원망의 대상이나 핑곗거리를 찾을 필요도 없었다. 달리기는 모든 원인이 나에게 있다는 것을 알게 해 주었다. 그렇게 나 자신을 다스릴 수 있게 했다.

그런 달리기인데 달리기용품 하나 좋은 거로 못 사겠나?
참 좋은 논리였다. 잘 샀다. ^^

달리기의 세계 2021. 1. 5.

내 행동의 저변에 깔린 의식들을 살펴보며 나 자신을 객관화하려고 노력해 본다. 그렇게 하기 위해 먼저 내가 자주 하는 행위들을 발췌한다.

분석하기, 판단하기, 평가하기. 모든 것을 파악했다는 착각에서 비롯된 '기분 좋음', 스스로 옳다고 생각되는 느낌에서 얻어지는 '기분 좋음', 비평과 평가를 할 때 내가 무엇이라도 된 듯한 '기분 좋음'.

이런 유치하고 저급한 의식들이 나를 감싸고 있다는 것을 금세 알아차리게 되지만, 그것 또한 '나'임을 부정할 수가 없다. 공감의 욕구 역시 인정 욕구의 여집합이라고 한다면, 누구에게도 있는 그 공통의 욕구를 유독 나는 왜 더 갈급했는지에 대한 궁금함도 생긴다.

인간이 자기의 약점을 들추기 싫어 다른 장점만을 오히려 더 부각시키기도 하고, 결핍이었던 그 무언가를 앞으로 남은 인생에서 더 집착했다는 것에 주목한다. 인간의 자연스러운 본성이 무엇임을 알게 된다. 그리고 내 약점과 결핍이 어떤 것이었는지를 냉정하게 찾고 인정하는 과정을 거치게 된다. 그리고 나니 이것이 유치하고 저급한 것이 아닌 보듬어 줘야 하고 살펴야 할 내 속의 진짜 '나'로 다가오게 된다. 이때 비로소 그것이 성장의 동력으로 작용한다. 가끔은 남의 인정과 공감을 필요로 하는 세상에서 빠져나와 나 자신의 인정과 공감이 필요한 세계를 갈망하기도 한다.

그런 세계가 있나? 있다!

바로 '달리기의 세계'이다. 이 세계에서 다른 사람의 인정과 공감은 그다지 중요하지 않다. 매 순간 오로지 나 자신과 싸울 뿐이기 때문이다. 이 세계를 한 번이라도 맛본 이가 있다면, 달리는 일을 멈출 수 없을 것이다.

일상의 위력 2017. 1. 3.

삶이 무기력해질 때, 쉼이나 충전이 필요하다고 여길 때, 어디론가 무작정 떠나고 싶어진다. 그것이 국내이든 해외이든 일상을 떠나는 자체가 우리에게 무엇인가를 안겨주기 때문일 것이다.

결혼을 하고 난 후가 되니 어디론가 멀리 떠난다는 것에 제약이 더욱 많이 생긴다. 매일 맞닥뜨려야 할 일들 앞에서만 허우적거리는 삶. 그래서 여행이라는 것에 더욱 목을 매는가 보다.

'지금 우리 형편에 저질러도 되는 것인가?'
'누구까지 대상을 확장하여 갈 것인가?'
'가용할 수 있는 날과 금액은 어디까지인가?'

일상에서 멀리 떠나려는 시도는 이제 '혁명'을 일으킬 각오가 있어야만 한다. 여행이든, 문화생활이든, 영적 부흥회가 되었든 우리 삶의 소위 '혁명'이라 불리는 자극제의 필요성에는 어느 누구도 부인할 수가 없다. 하지만 '혁명' 못지않게 '일상'을 다르게 대하는 것의 문제에는 본능적으로 그저 그런 일 정도로 치부하며 지내게 된다.

떠남의 혁명 vs 일상의 새로움
여행을 통한 행복 찾기 vs 지금 삶 속에 행복 찾기
나중에 도착할 천국 vs 지금 내 안에 이뤄야 할 천국

생각해 보면 '일상'이 '혁명'에 비해 더욱 강하고, 고칠 수 없는 법처럼 보인다. 그래서인지 우리의 일상은 쉽게 변하지 않는다. '일상'은 '혁명'보다 더 무섭다. '혁명'과 '일상'의 적절한 상호견제는 필요하지만 우리 삶의 대다수의 포션은 '일상'에 맞춰져 있다. '일상'에 대해 더욱 고민해 봐야 할 이유가 여기에 있다.

일상의 힘을 조정하는 것은 결국 습관인데 나의 지난 일상은 어떠했는가?

'나는 매일 어떤 말들을 듣고 사는가?'

'어떤 단어들을 사용하며 사는가?'

'어떤 것들을 보고 사는가?'

'어떤 사람들을 만나며 사는가?

'어떤 생각들을 머릿속에 넣고 사는가?'

'어떤 것으로 잉여시간을 보내며 사는가?'

내가 주도할 수 있는 조건이라면 좋은 것들을 선택하며 일상을 채

우고 싶다. 좋은 만남들을 선택하며 일상을 재우고 싶다. 이제 밀리할 것들은 멀리하고 싶다.

따뜻한 2017년의 시작은 '일상의 변화'로부터다. 그리고 2017년 '혁명' 또한 치밀하게 준비할 것이다.

둘만의 여행 2017. 4. 25.

이 순간이 너무 좋아 시간이 지금의 풍경과 감성을 고스란히 품에 안고 더디게 갔으면, 아니 잠시 이대로 시간이 멈추었으면 좋겠다 생각했다. 살아가는 것이 너무 복잡하다고 생각될 때가 있는 반면, 별거 없다고 느껴지는 순간도 있다.

매일 찾아오는 선택의 기로마다 분석부터 하려는 본능은 때론 숨통을 더 조이기도 한다. 누구든 갈림길 앞에서는 늘 고민에 빠지지만 어느 누구도 그 앞에서 쉽게 확신을 갖기도 힘들다.

어떤 길이든 오히려 자신 있게 가야 할 이유가 여기에 있는 것 같다. 그 길의 끝에 혹여 낭떠러지가 있다 할지라도 생각하지 못한 풍경을 눈에 담고 되돌아오면 되는 것 아니겠는가? 시의 한 구절처럼 우리에게 주어진 길을 잘 걸어가자며 서로를 격려해 본다.

오늘 밤에도 여전히 별이 바람에 스치우겠지.

아이와 함께하는 여행 1   2018. 10. 30.

그동안 둘만의 여행이 조용히 예쁜 풍경들을 바라보며 서로를 되돌아보는 것이었다면, 셋이 된 지금은 무언가를 골똘히 바라볼 여유 따윈 저 멀리로 잠시 유배를 보내 놓아야 한다. 대신에 우리는 눈 앞에 벌어지는 상황에 대해 바로바로 즐기는 방법을 터득하게 되었고, 그어떤 예쁜 풍경들보다도 아이들이 있는 풍경이 더욱 아름답다는 것도 알게 되었다.

나를 돌아보는 것 못지않게 가족에게 추억으로 깊이 새겨주는 것 또한 소중한 것임을 알게 되었다.

그래서 아이와 함께하는 여행은 순간의 소중함을 일깨워주게 하는 것, 또한 내 체력의 한계도 알게 해주는 즐겁지만 힘든 그런 것? 즐힘?

아이와 함께 하는 여행 2   2019. 10. 15.

아직 너와 함께하는 여행은 눈 앞에 펼쳐진 풍경을 감탄하는 것보다 눈 앞에 네가 일으킨 사고의 현장을 보며 탄식하는 것이라고나 할까?

함께 있는 시간의 90% 이상은 조마조마한 마음과 인내의 연속이지만 활짝 웃으며 애교부리는 나머지의 순간들이 그것들을 덮어버린다. 90% 기록들은 담을 여유도, 정신도, 마음마저도 없지만 Special한 순간의 기록만은 꼭 남겨두고자 갑자기 특정 포인트를 발견하면 서둘러 연신 카메라의 셔터를 눌러 댄다.

10% 아니 1%라도 그것이면 된다. 1%의 그 행복한 순간은 힘들었던 나머지 시간을 이겨낼 힘이 된다. 그래서 그 순간을 남기려 한다. 그리고 힘들 때마다 꺼내 추억하려 한다. 시니컬한 나는 행복한 그 사진 뒤에 숨겨진 배경들을 꺼내 들지라도 먼 시간이 지난 후, 나의 뇌에 최종으로 남을 기억은 숨겨진 배경들에 대한 것이 아닐 것이다.

삶을 살아낼 힘이 그런 것 같다. 하루 종일 내 마음대로 되지 않는 일상이지만, 잠시 나를 보며 웃어주는 아들의 모습, 나를 믿어주는 사람과 나누는 잠깐의 진솔한 대화, 가끔씩 떠나는 여행. 삶을 살아갈 힘은 짧지만 별거 아닌 그 순간이 될 수도 있겠다.

모든 순간이 좋을 필요도, 좋을 수도 없지만 우리를 지나가는 그 짧은 Special한 순간의 소중함을 다시 깨우쳐 본다.

아이와 함께하는 여행 3　2019. 10. 16.

아들의 에너지를 소진시키기 위해 혼신을 다해 몸으로 놀아주고, 배부르게 먹이고, 필살기 물놀이까지 시켜주고 난 후 최종적으로 침대 위 발악의 순간까지를 보내고 나면, 아들의 눈이 감길 듯 말 듯 설레는 시간이 찾아온다. 가장 조마조마하고 아슬아슬한 순간이 지나 아들이 깊은 잠에 빠져들고 나면 그때서야 비로소 둘만의 시간이 확보가 된다.

언제 깰지 모르는 예민한 아들은 잠시 잊고 그동안 묵혀두었던 마음들을 나눈다. 격려, 서투른 고마움, 가치관의 변화 등 각자의 감정을 표현했던 평소 시간들은 새벽 출근의 압박과 육아 피로로 인해 매번 겉만 핥다가 내일로 미루기가 다반사였다.

의도적인 일상프레임 탈출에 테라스에서 불어오는 가을바람과 인간문화재 김동률의 BGM 콜라보로 평소 말로 표현하지 못했던 그런 감정들을 다시 하나둘씩 꺼내기 시작한다. 시작은 너와 나에 대한 이야기였지만 결국 종착역은 아들 준이 이야기가 되고 '취존'의 상태, 아니 엄밀히 '정'과 '반'의 상태에서 모처럼 '정반'을 넘어 '합'도 도출한다. 가족여행의 가장 큰 수확은 가족이라는 끈끈함이 더 굳건해지는 것.

길고 힘든 과정 끝에 우리를 찾아온 아들에 관한 이야기에 서로 눈물 흘리며 갑자기 자는 아들에게 뽀뽀한다고 생쇼를 하다가 뒤척이는 아들의 모습에 식겁하며 정신을 얼른 차린다. 갑분싸!

성장할 내일과 아쉬운 오늘 사이 몰랐던 다양한 감정들을 경험한다. 아빠 엄마도 너와 함께 성장할게.

가족 동반 여행   2019. 12. 16.

아이들을 데리고 두 가정이 함께 여행을 떠났다.

둘만의 여행이었다면 여행의 끝자락엔 그동안 육아로 인해 방전되었던 삶의 동력을 최대한 충전시켜야만 했다. 손이 오그라들기까지 하는 서로에 대한 감사 표현과 위로, 격려들은 그 동력의 일부 연료가 된다. 그러나 부부동반 가족여행에 있이 오그리드는 연료는 취급히지 않는다.

힘든 육아의 경험들도, 찐따 같은 실수들도, 지극히 정상적인 행동들마저도 모든 것은 '웃음'과 '까임'으로만 승화될 뿐! 해학적 연료로 대체 충전을 시킨다. 아빠들은 충전 중 잘못 입을 뻥긋해 4:2 싸움이 될까(아가들은 아직 엄마 편이니) '끄덕끄덕, 으쌰으쌰' 묵념 모드에 '그래 엄마들이 진짜 고생이 많지.' 맞장구 콤보를 계속 불러댄다.

신나게 털려주고, 반성의 연속이지만 기분은 나쁘지 않은 그런 순간들. 함께라서 도전할 수 있었던 여행.

공동육아 만만세!

육아 부부의 여름휴가   2020. 8. 3.

아들을 어린이집에 보내고 나면 그때부터가 진짜 휴가지.

🐧 오빠, 모처럼 쉬는데 나랑 하고 싶은 거 있었어?

📱 음… 등산가서 땀 빼고 몸보신?

그렇게 내가 원하는 그림대로 함께 등산을 가게 되었다.

기분 좋게 잘 따라와서 신나게 떠들고 먹고 집에 와서 쓰러지더니 아들 하원 시간까지 안 일어남! 덕분에 오늘의 강제 하원 담당은 아빠로!

📱 내일은 뭐 할까?

🐧 나도 오빠랑 가고 싶은데 있었는데.

📱 어디? 말해 봐 가자~

🐧 배카점!!!!!!

📱 응??

철저한 기브 앤 테이크. 무조건 아끼지 말고 먼저 큰 것 주고 봐야 함. 기대되는 내일모레, 다시 내 차례. 여름휴가 기간 통장잔고 탕진각.

06

도전과 마주하기

배움의 이유 2017. 1. 10.

와이프가 늦게 퇴근하는 날이면 주방의 주인공은 어쩔 수 없이 내가 된다. 요리의 '요'자도 몰랐던 내가 하나둘씩 뭔가를 해보려 하는데 당연히 잘 되지가 않는다. 주방의 모든 것은 의문투성이가 된다.

요리에 대한 생각이 전혀 없었을 때는 그냥 차려진 음식을 맛있게 먹기만 했었고 맛없는 음식은 그냥 가만히 두면 되었지만 요리라는 것을 몇 번 해본 후의 변화는 맛있는 음식을 접하게 될 때 '아 맛있다~'에서만 끝나는 것이 아니라 "무엇이 들어갔을까? 육수는 무엇일까? 얼마의 시간이 필요했을까?" 하는 생각들로 사고가 확장되어 간다는 것이다. 요리에 관심이 생기고 요리를 조금 알아가니 음식을 먹을 때 음미하는 재미 또한 배가 되어지고 건강한 음식이 무엇인지도 구분하게 되어진다.

요리를 배워야 하는 목적이 와이프에게 점수를 따기 위한 의무이거나 결과물로 무엇인가를 도출하기 위함이라면 그것을 얻기 위한 것에만 초점이 맞춰졌을 것이다. 음악에 대한 적당한 배움이 있었을 때 그 것이 주는 즐거움을 더 깊이 느낄 수가 있고, 스마트기기에 대한 적당한 배움이 있었을 때 그것이 주는 편리함을 누릴 수가 있고, 역사에 대한 적당한 배움이 있었을 때 유적지의 여행이 감흥을 주고, 신에 대한 앎이 더욱 깊어질수록 인생의 깊은 의미를 더욱 깨닫게 되는 것 같다.

전혀 모르더라도 살아가는 것에는 크게 문제가 없다. 배우는 것만큼 얻는 것이 없을 수도 있다. 하지만 배움의 목적이 꼭 결과물을 얻기 위해서가 아닌 인생의 각 분야마다 '더욱 깊이 있는 누림'을 위해서라면 조금이라도 더 많이 배우고 싶다.

지금껏 살아오면서 공부가 스트레스였던 이유는 제도권 내에서 배움의 정도를 줄 세웠기 때문이다. 좋은 성적을 위해서, 좋은 학교의 진학을 위해서, 좋은 직장과 승진을 위해서, 곧 생계를 위한 경쟁을 위해서 공부를 해오지 않았던가? 세상에서 써먹기 위한 공부, 남의 인정을 목표로 한 공부가 주는 폐해는 아직도 계속 반복되고 있는 것 같다. 다시 학창 시절로 돌아가더라도 그렇게 공부할 수밖에 없겠지만 배움이 가져다주는 그 즐거움을 느끼지 못한 채 책상과 도서관에서만 싸웠던 그 시간들은 지금에 와서 많은 의미를 던져주고 있다.

배움의 목적은 나이에 따라 달라졌지만 계속 멈추지 않아야 하는 점은 동일하다. 평생 배워야 하는 이유가 지적인 만족감을 채우기 위해서라면, 혹은 경쟁에서 이기기 위해서라면 배움이 특정수단으로 전락해버리지만, 배움을 통해 내가 누구인지를 다시 찾고 더불어 삶을 더 깊이 체험하기 위해서라면 설렘이 된다.

다시 요약하면 내가 요리를 배우는 목적은 음식을 더 잘 먹기 위해서이다. 내가 부엌에 있으면 불안해하는 와이프가 배움의 제일 큰 장애물이다.

LSD[*] 훈련 1　2019. 12. 18,

30km를 처음 완주한 날의 기록.

하프 21.0975km를 넘어가는 순간부터 나에겐 한 걸음 한 걸음이 새로운 거리, 새 도전이었다. 다리의 움직임도, 정신력도, 떠오르는 생각들도, 꼭 미지의 세계를 탐험하는 것만 같은 모든 것이 처음인 혼돈의 세계를 경험하였다.

마지막에는 다리가 생각대로 움직이지 않아 결국 걷기도 하고, 마음대로 움직이지 않는 내 다리에 속상해서 울 뻔도 했다. '아 대체 어떻게 여기서 12.195km를 더 뛰지?' 하는 생각이 들 때면 풀코스를 완주한 사람들이 정말로 대단하게 느껴졌다. 그래도 내 몸이 익숙한 거리를 달릴 때 느꼈던 안정감에서 벗어나 한 번도 시도하지 않은 거리를 달리며 두려움을 마주해 극복할 때 성장한다는 것을 인생의 다른 경험들을 통해 알고 있었다.

포기할 수 없는 안정감과 놓치고 싶지 않은 성장 사이의 고민 끝에 지금 가진 안정감을 기반으로 작은 것부터라도 하나씩 그리고 조금

---

* Long, Slow, Distance.

씩 도전을 시도해 두려움을 이겨내 보자고 다짐한다. 마치 엄마와 애착 형성이 잘 된 아가들일수록 그 안정감을 기반으로 두려움을 극복하고 아빠에게도 다른 이에게도 더 넓은 세상으로도 더 쉽게 잘 도전하는 것처럼 말이다.

그런 아들을 보며, 도전하기로 결심했다. 고맙다, 아들! 기어서라도 완주할게. 풀코스 가즈아~!

LSD 훈련 2   2020. 1. 13.

인생 최대 몸무게를 찍고 수영을 다시 시작했다. 늘 그렇듯 수영을 한다고 체중은 쉽게 빠지지 않는다. '아 다시 뛰어야겠다'는 생각만 한 백 번 하던 중 tvN 방송에서 『RUN』이라는 예능을 보고 자극을 확 받았다.

'그래, 나 마라톤 풀코스 도전하기로 했었지. 가족 마라톤도 뛰기로 했지. 와이프가 또 가고 싶다던 피렌체 함께 갈 명분도 쌓아야 하지. 나도 피렌체 마라톤 꼭 뛰어야지'를 다시 다짐하고는 와이프에게 "오늘 목표는 35km야!" 하고 자신 있게 선포한다.

그렇게 충만한 의욕을 앞세우고 LSD를 출발했다. 지난번 30km를 완주한 경험이 있으니 30km까지는 별문제 없겠거니 하며 그 지점까지는 별 걱정 없이 뛰기로 했다. 그런데 웬일인가 발바닥에 이상한 신호가 세속 올라오더니 도저히 안 될 것 같아 잠시 멈추고 양말을 벗어 보았다. 큰 물집이 잡혀 있었다.

결국 24km 지점에서 Give Up!

'아, 풀코스 아무나 뛰는 거 아니구나.'

뛰다 멈춰 와이프한테 전화를 건다.

"나 많이 힘들어." 하며 죽는소리를 좀 했더니 집에 와서 "감기 기운 있네, 다리가 아프네." 하는 그런 개똥 같은 소리 할 거면 더 뛰지 말라고 말을 한다. 내 입으로 선포하고 당당히 나온 마당에 목표했던 35km를 완주하지 못하면 참으로 민망했을 테고, 그만 뛸 핑계가 딱 필요했었는데… "응! 지금 바로 갈게. 앗싸!!" 하고 바로 컴백. 타이밍 굿.

오늘은 "나는 그냥 하프마라톤까지만 뛸게." 하고서 낼 다시 풀코스 도전한다고 깝죽대겠지. 마라톤의 고통이란 그런 것 같다. 지나면 잊는다. 힘들다 하면서도 다시 도전한다. 물집이 문제였다니 양말과 신발을 보완하여 다시 도전한다.

어쨌든 익숙함에 속아 내 뱃살을 잊지 말자.

LSD 훈련 3   2020. 7. 11.

며칠 계속되는 불면증에 푹 좀 자고 싶어 어제는 오후 달리기가 아니라 초저녁 10km 조깅으로 시간대를 바꾸어 뛰었는데도 새벽 3시부터 잠이 깨서 눈만 껌뻑이고 있다. 에라이 쌩! 어차피 잠도 다시 안 드는 것 나가서 뛰자 하고 가방을 뛰쳐 메고 편의점으로 직행한다.

처음 시도했던 지난 30km LSD 훈련 때, 마지막에 이르러서 걷뛰를 하다가 집으로 복귀하는 길에는 다리가 움직이지 않았다. 결국 와이프에게 전화를 해 데리러 오라고 한 전과가 있었다. 그래서 오늘은 몇 km를 도전한다고 이야기를 하지 않고 '좀 길게 뛰고 올게'라고 톡을 보냈더니 '울지는 말라'는 답장이 온다(확실히 나를 너무 잘 안다).

잠을 잘 못 잔 탓에 무리하지 말고 처음부터 천천히 가자 하고 페이스를 평소보다 많이 낮춘 것 때문이었는지 오늘은 한 번도 걷지 않고 30km를 성공했다.

'아~ 천천히 가야 길게 갈 수 있구나.'

속도를 줄이고 나니 무언가가 보일 듯 무언가가 잡힐 듯 했다. 빨리 달릴 땐 헉헉대기만 하며 놓쳤었던 이쁜 꽃들이 눈에 들어왔고, 숨쉬기 바빠서 맡을 수 없었던 주로의 풀냄새도 코로 느껴볼 수 있었다. 그렇게 천천히 달리니 눈에 보이는 것이 있었고, 코로 맡을 수 있는 것이 생겼다지만 완주 후 마음먹은 다짐은 '풀코스는 정말 아무나 하는 거 아니다, 나는 하프까지만 즐기며 뛰는 낭만 러너가 되겠다'였다.

그렇게 빠지지 않은 체중도 30km를 완주하고 나니 다시 60kg대로 진입했다. 앗싸! 오늘의 교훈! 빠르지 않게, 천천히 둘러보며 살기, 내 분수, 페이스를 알며 살기.

LSD 훈련 4

와이프가 잠시 아들을 데리고 친정으로 요양을 하러 갔다. 나에게 찾아온 자유 시간, 나는 열심히 달리기 스케줄을 짰다. 이럴 때 마음 놓고 장거리 훈련을 해보기로 한다.

원래는 18일 토요일을 푹 쉬고, 19일 아침에 35km를 도전할 요량이 있다. 토요일에는 아무런 계획을 잡아 두지 않았기에 17일 금요일 저녁은 밤새 마음껏 티브이를 보며 퍼질러질 때로 퍼져 보겠다는 계산도 깔려 있었다.

그러다 잠잘 타이밍을 놓쳐 새벽 2시에 겨우 잠이 들었는데 몇 시간 되지 않아 잠이 깨서 다시 말똥말똥해진다. 잠이 안 올 때 억지로 눈을 감고 누워있는 것이 얼마나 고통인지 알기 때문에, 이불을 바로 박차고 옷을 갈아입었다. 오늘을 결전의 날로 계획을 변경했다.

페이스를 낮추면 더 멀리 갈 수 있다는 경험을 통해 평소보다도 30초 더 늦은 페이스로 천천히 달리기 시작한다. 이온 음료도, 에너지바도 중간중간 먹어주며 그렇게 순탄하게 달려 나간다.

그 전까지 최장 거리가 30km였기에 어느 정도 마음의 준비를 해나갔고, 뒤에 쓸 에너지도 비축을 해두었지만, 30km를 넘어서부터는 정말 또 다른 세계가 펼쳐지는 것 같았다. 한 발짝 한 발짝 정말 다른 느낌이었다.

혼자 장거리를 뛰어서인지 외로움은 극에 달했고 고통을 이겨낼 동기부여 거리는 찾기가 힘들었다. 정말 뒈져버릴 것 같은 느낌이 들었지만, 오늘이 아니면 언제 다시 35km를 뛸 수 있겠는가 하는 마음에 걸어서라도 완주하기로 한다. 그렇게 걷뛰로 목표를 달성한다.

35km 이후의 세계가 궁금해졌다. 풀코스가 이제 머지않았다. 뭔가 잡힐 것 같다. 행복하다.

도전의 짜릿함   2020. 11. 21.

어쿠스틱 기타를 연주할 때 카포를 많이 사용하는 편이었다. 오픈 코드의 퍼지는 소리를 위해서도 아니고 단지 몇 개의 플랫 안에 내 손을 편하게 묶어두고 싶어서였다. 그러다 보니 콘티를 짤 때마저 곡보다는 코드를 따라가는 주객전도의 상황도 발생했다. 내가 익숙한 영역 안에서의 안정적인 움직임을 포기하며 실수에 대한 리스크를 가져갈 필요가 없었기 때문이다.

이러한 성향은 삶에도 영향을 미쳤다. 특정 영역 안에 있으면 불편함이 없고 편했다. 내가 아는 단편적인 것들로 세상 모든 것이 다 해석 가능했다. 무식했더니 용감해졌고, 쪼금 알게 되니 교만해지더라.

벗어나야 하고 도전해 보아야 한다는데 무엇부터 도전해 보아야 하는 걸까? 관심이 없는 분야의 책들이 읽히지 않더라도 시도해 보는 것, 그나마 나에겐 이것이 가장 쉬워 보였다. 그러다 관심이 생기면 직접 경험해 보는 것이고 경험을 해보면 또 다른 시야가 열리겠지,

뭐. 그렇게 해서 새로운 분야의 책을 빌렸다.

이것도 뭐 완전 새로운 분야라기보다는 관심은 있었지만 우선순위에 밀려 당분간 못 볼 책을 먼저 본 수준 정도(완전한 도전은 이제 힘든가… 나이를 먹어가는 증거인가?)… 익숙하지 않은 분야의 책이지만 읽고 나니 새로운 호기심이 발동한다. 그렇게 기존의 생각 틀은 깨어지고 사고는 확장되기 시작한다.

카포를 던져버린 후, 다가오는 무언가를 느껴 본다. '편안함'보다 도전한 후 새 시야가 나에게 줄 '짜릿함'을 상상하고 그 후 내 마음에 들어올 '평안함'을 기대한다.

07

삶과 마주하기

조율   2017. 6. 20.

  와이프가 본인이 일하고 있는 센터에 자원봉사자로 와서 기타수업을 좀 맡아달라고 부탁을 했다. 마지못해 승낙하고서는 오랜만에 방구석에 먼지가 쌓인 채로 놓여있는 기타를 꺼내 들어 본다. 줄도 녹이 슬어있고, 소리도 역시 제멋대로이다. 줄을 갈고 한 줄 한 줄 조율을 시작해간다. 이 손가락으로 여기를 짚으면 도가 되고 다른 손으로 여기를 짚으면 미가 되고….

  6개의 줄을 차례차례 조율하고 나서 몇 개의 코드를 짚어 보니 원했던 화음이 나온다. 조율이 완료된 후 퍼지는 이 기타 울림소리는 기분을 좋게 만들어 준다.

  이 줄은 정해진 음을 내야하고 다른 줄은 또 정해진 소리를 내주어야만 어우러지는 음들로 결합되어 화음을 이룰 수가 있다. 삶의 화음도 그리 쉬우면 얼마나 좋을까? 이런 식으로 삶이 조율된다면… 같은 생각, 같은 소리만 서로 내게 될까? 매일 어우러지는 생각들만 우리 삶에 있는 것은 아닌데 말이다.

나는 나대로, 그는 그의 방식대로만 간다면 엄청난 불협화음이 발생할 수도 있다. 하지만 침범하지 말아야 할 영역만 서로 잘 고수해준다면 세상에 어디에도 존재하지 못할 유니크한 조합이 되고, 세상 유일무이한 하나의 음악이 될 수도 있겠다.

가끔씩 터져주는 불협화음은 예술의 시각에서 보면 짜릿한 포인트로 승화될 수도 있겠지만 우리는 예술로 먹고사는 사람이 아니기에 불협화음을 반기지 않는다.

결국 어우러짐이란, 삶의 조율이란, 내 맘을 넓히는 행위가 아닐까 싶다.

낭만에 대하여   2017. 10. 21.

오랜만에 고등학교에서 대학교까지 함께 졸업한 동창 친구들을 만나 밤새 수다를 떨었다. 학창 시절 찐따처럼 책만 잡고 살더니 모두들 일찍 취업과 결혼에 성공하여 다른 친구들의 부러움을 받았다. 오늘은 그 친구 중 한 명이 사직서를 제출했다고 한다. 모두 가정을 이루고 살아가는 중이기에 이 친구의 결정이 얼마나 힘든 것이었는지를 공감했고 그랬기에 한 명도 열외 없이 모였다.

사직한 친구에게 "인생은 속도가 아니라 방향이다"라고 위로를 하는 다른 친구에게 공대 졸업한 것이 맞느냐며 속도란 속력에 방향을 포함한 벡터 값이라고 "인생은 속력이 아니라 속도다"가 맞다고 지적하자 다른 이는 그것보다는 "인생은 스칼라가 아니라 벡터다"가 맞다고 다시 지적하고, 다시 그것도 아니고 "인생은 속도다"가 진짜 맞는 표현이라고, 만남의 시작부터 누가 공대생들 아니랄까 봐 비판적 사고와 모두 까기를 자처하면서 말싸움을 시작한다. 그때나 지금이나 모이면 별일 아닌 걸로 서로 시비 거는 것을 보면서 사람은 쉽게 변하지 않는다는 말을 새삼 실감했다.

한 잔 두 잔 술이 들어가고 이야기가 무르익어 갈 때, 서로 비슷한 감정들을 함께 공유하고 있다는 것을 알았다. 취업을 준비할 때는 지금 우리가 이렇게 고생해서 나중엔 낭만 있게 살자고 서로 위로하며 그 시기를 버텼지만, 살아가다 보니 부유한 사람에게는 낭만이 쉬울지는 몰라도 현실 속 아등바등 사는 사람에게는 낭만이 곧 생존과 직결되는 일이었다고 말을 한다. 낭만은 그저 낭비처럼 여겨졌다. 그러면서 옛 추억들을 떠올리며 모두들 한참동안 배꼽을 잡고 떠들어댔다.

그 순간 모두들 알고 있었을 것이다. 품격 있는 클래식 음악회를 가며 고급스러운 와인을 먹는 것이 낭만이 아니라 지금 이 통닭집에서 친구들과 나누는 이 감정, 편의점에서 산 오감자와 캔 맥주 그리고 디저트 누가바를 먹을 때까지 멈추지 않는 우리의 웃음소리. 그래, 이것 또한 낭만 아니겠는가.

낭만을 위해 살아야 한다. 낭만이 없다면 사는 것은 고통이다. 그 순산 모두들 그렇게 되뇌었을 것이다.

사회생활을 조금씩 해보니 점점 친한 사람은 없어지고 아는 사람만 늘어났다. 기쁨은 나누었더니 질투가 되었고, 슬픔은 나누면 약점이 되었다는 말을 이해했다. 직장은 그렇고 사회는 그렇다지만 그렇지 않은 소중한 이들이 있다는 것, 그 감사함이 오늘 밤 무척 크게 느껴졌다.

술 한잔하지 않았지만 술 취한 친구들을 보며 그 감정에 같이 취한 밤이다. 낭만 있는 밤이었다.

삶의 모호함 2020. 12. 8.

삶이란 모호함을 견디는 일이라고 하지만 모든 일을 모호함으로 두고 살아가는 삶도 괴롭기만 하다. 수학 문제처럼 답이 딱 정해져 있으면 좋겠다만 우리가 당면한 인생의 모든 문제들은 그렇게 딱딱 떨어지지 않았으며 확실한 정답이 있는 일도 그다지 많지 않았다.

나이를 먹을수록 그러한 일들은 더욱 많아지기에 모호함을 견디는 능력치도 올라가고 확실한 무언가는 그때 바로 낚아채는 기술도 탁월해진다. 어떠한 편에 서더라도 욕먹는 것을 피할 순 없으니 먼저 나설 필요는 없고, 나를 대신해 사이다 발언을 해주는 그 누군가에게 희열을 느끼며 뒤에서 박수를 보내기도 한다. 그래서 시원시원한 발언을 해주는 정치인들에게 환호를 보내며 지지를 하는 듯하지만 유연하지 못한 소신은 결국 부러진다는 것을 목격하며 정치에도 점점 환멸을 느끼게 된다.

살아남기 위해서 직접적으로 찍어 말하기보다 안 좋은 말들도 잘 포장해 에둘러서 말하는 스킬 그리고 나중에 결과가 어떻게 되든 빠져나갈 구멍을 만들어 놓는 추상적 말하기 능력도 나도 모르게 레벨업이 되어간다. 모호함의 실타래를 하나씩 풀어 헤쳐 불확실성을 제거하기보다 모호함에는 모호함으로 맞서는 것이 현명하다는 것도 알게 된다.

그래서 나이를 먹을수록 시집에 끌리게 되는 걸까? 이딴 생각을 하는 것 자체가⋯ 제길⋯ 인정하자 먹을 만큼 먹을 나이라는 것을. 나이는 다이어트가 안 된다.

함께 살아가는 것이다   2017. 12. 9.

시간이 지날수록 오랜 친구 간에도 가진 것에 따라, 생활 수준에 따라, 취미에 따라, 일하는 분야에 따라 계층이 나누어지고 끼리끼리 뭉친다지는 것을 몸소 느끼게 되었다.

한 친구는 그래도 우리가 뻔히 서로 집안 밥숟가락까지 알고 지내는 사이인데 그렇게 따지고 갈라치면서 불편함을 느끼게 할 필요가 있냐고 말을 한다. 허나 그 시절과는 달리 조금씩 변해가는 친구들의 모습들을 목격하면서 당황스러움을 느낄 때도 있다.

겉모습은 변했을지 모르겠지만 시간을 두고 깊은 이야기 속으로 들어가 보면, 서로 같은 본질의 문제에 다다르게 된다. 겉으로 드러난 모습만 보며 타인의 삶의 무게와 형편을 짐작해 보지만, 정작 실상을 서로 알게 되면 타인의 눈에 비친 우리의 겉모습이 우리 모습의 전부가 아니듯 나의 눈에 비친 친구의 모습도 그의 전부가 아님을 알게 된다. 각기 다른 상처와 저마다의 손상된 삶을 살아가면서 비슷하지만 아닌 듯 포장하며, 아닌 척? 그렇게 살아가고 있다.

뽐내고 자랑하고픈 그들도 누군가 대상이 있어야 그 행위가 의미가 있듯이 혼자서는 아무 의미가 없다. 내가 누군가를 필요로 하듯이 누군가도 나를 필요로 할 것이다.

매번 도토리 키 재듯이 서로 그렇게 살 것인가? 서로에게 기대며 살아갈 것인가?

일상의 소중함   2020. 12. 3.

정작 잃고 난 후에야 소중함을 알게 되었던 기억들이 있다. 건강을 잃어 본 후에… 소중한 사람을 떠나보낸 후에… 그 좋은 시절을 떠나보내고 난 후에….

잠시 벗어남을 통해서 소중함을 알게 될 때도 있었다. 몇 주간 주말 부부로 시간을 보내면서 와이프의 소중함을, 부상으로 인해 달리기를 쉬면서 달릴 수 있는 감사함을, 출장을 통해 육아에서 해방되고 나니 아들의 보고 싶음을….

잃지 않고도, 벗어나지 않고도 소중함을 알면 좋으련만 인간이란 항상 같은 실수를 반복한다. 잃는 건 슬픈 일이기에 그나마 잠시 벗어남을 통해 깨우침을 얻는 것이 좀 더 지혜로운 방법이라 생각된다(근데 벗어나는 것도 쉽지가 않음…).

돌아보면 나만의 시간을 갖기 위함도 결국 내 삶의 대부분을 차지하는 일상을 잘 보내기 위함일 뿐, 제일 소중한 시간은 아이러니하게도 반복되는 일상이더라. 이 일상의 소중함을 잊지 않기 위해서라도 종종 일상을 벗어날 필요가 있을 것 같다. 그것이 바로 여행이 중요한 이유라 생각한다. 여행은 일상이 소중하다는 것을 우리에게 각인시켜 주고 이 중요한 일상을 더 잘 살아가도록 북돋아 준다.

떠남의 정도와 깊이야 상황의 허락에 지배받는 것이지만 이렇게 하루라도 쉴 수 있을 때 휴가를 내어 보는 것이 나에게는 너무나 중요하다.

그래야 제대로 좀 살 것 같으니까.

카메라의 시각 2014. 10. 15.

　카메라를 발명한 최초의 목적은 아마 '기록성'이었을 것이다. 그래서인지 기성세대들에게 사진이란, 추억을 남기는 수단으로의 역할이 강했다고 생각한다. 셀카나 SNS상에 난무하는 사진이 그분들에게 다소 어색하게 느껴지는 건 어쩌면 당연할 일일 듯.

　하지만 카메라 보급의 확산과 스마트폰의 발달로 인해 누구나 사진을 쉽게 찍을 수 있는 이 시대에서 사진의 목적은 '기록성'을 뛰어넘어 '공유성', '독창성', '희소성', '예술성'으로 점차 확장된 듯하다. 필름 인화 방식에서 메모리 저장 방식으로, 다시 메모리 저장 방식에서 클라우드 기반 저장 방식으로의 전환은 가는 곳마다 많은 사진을 일단 찍어놓고, 그중에서 보다 잘 나온 한 장의 사진을 고르는 것으로 방향을 바꾸게 했다.

　찍는 것보다 찍어 놓은 원본 사진들에서 약점들을 그럴듯하게 보정하는 기술이 더욱 중요해지고, 특별해 보이진 않아도 소소한 일상을 제약 없이 마음껏 기록하는 것이 더 의미 있는 시대다.

　사진에 대한 조금 다른 시각으로 동남아로 여행을 다녀온 아버지는 불평을 하셨다.

　"여기 한번 서보세요."

　"여기서만 사진 찍으시면, 다른 곳 가셔도 돼요."

　"이곳은 사진 배경이 별로예요."

여행 내내 가이드가 정해 준 자리에서 사진만 찍고 온 것 같다는 것이다. 붕어빵 기계처럼 찍어낸 듯한 여행이 싫으셨나 보다. 여행의 목적이 마치 사진이 된 것처럼.

우리의 일상에서도 사진이 목적이 되어 다른 진짜 목적을 잃어버리는 경우도 많다. 사진 찍기만 너무 몰두한 나머지 그 기회비용으로 더욱더 중요한 무언가를 놓치기도 한다.

사진을 빼놓을 수는 없다. 남겨놓아야 한다. 하지만 우선순위가 잘못 뒤바뀐 채로 아무 생각 없이 습관처럼 사진만 찍는 행위가 우리의 일상이 되어져 버린다면, 언젠가는 우리 눈의 시각도 카메라의 시각이 되지 않을까 걱정이 된다.

예쁜, 멋진, 화려함만 좇는 카메라의 정지된 시선이 아닌 아픔, 슬픔 모든 것을 포함한 생활 그대로를 바라보는 이어지는 시선이 필요하다. 삶의 시선은 카메라의 시선과 분명 다르다.

남는 건 사진이라는 말을 공감한다. 중요한 것은 카메라의 가장 멋진 시각이란 인위적이지 않은 자연스러움을 포함한 때라는 것이다.

그러고 보면, 정말 소중한 순간에는 오히려 카메라가 필요 없다.

상처받지 않는 법   2014. 10. 21.

회사에서 정기 건강검진을 받았다. 인바디 검사를 하려고 접수를 하는데 담당 간호사가 "올해 만으로 몇 살이세요?"라고 묻는다.

"스물여덟 살입니다." 답변했더니 놀란 듯 피식 웃으며

"네?????" 한다(조금 들어 보이는 얼굴이라 중·고등학교 때부터 자주 겪는 일이었다. 익숙하지만 그래도 그때마다 기분이 썩 좋지는 않다).

그러더니 나에게 사번을 물어보고는 전산 조회를 한다. 아직 생일이 지나지 않아서인지 모니터에는 나이가 '27'로 뜬 것을 보고, 다시 면전에서 피식 웃으며 접수지에 '28'이라고 적은 나이를 '27'이라 고친다. 비에 근무복도 다 젖은 마당에 기분이 상당히 나빴다. 그리고 사무실로 돌아오는 길에 곰곰이 생각해 보았다.

'아니, 내가 왜 기분이 나빠야 하지…? 사실이긴 사실인데.'

생각해 보니, 내가 만약 초동안의 얼굴을 가지고 저런 일이 벌어졌다면 나는 속으로 저 여자를 비웃고 넘어갔을 것이다. 그런데 노안인 나에게 나이가 들어 보인다고 했으니 상처가 된 것이었다.

로또에 당첨되어 돈이 넘쳐나는 사람에게 일반인이 그 앞에서 옷 자랑, 신발 자랑, 돈 자랑을 한다면 로또 당첨자는 속으로 비웃을 것이다. 그런데 돈에 궁핍한 사람에게 그런다면 상처가 될 수 있다. 뚱뚱한 사람에게 뚱뚱하다고 하면 상처가 될 수 있다. 배우지 못한 사람에게 배우지 못함을 건드리면 상처가 될 수 있다. 가지지 못한 부분, 콤플렉스를 건드리면 사람은 상처 받는다.

나는 동안이 될 수 없고, 돈도 많이 없다(많이 벌 수도 없을 것 같다). 그렇기에 좀 더 좋은 성품을 위해 부단히 훈련해야 한다. 이제 나이 들어 보인다는 말도 그대로 받아들일 수 있어야겠다(그런데 앞에서 웃는

건 좀… 아직도…).

한 달간의 휴직 기간   2016. 10. 19.

다친 몸의 상태는 점점 안 좋아지고 회사 안에서는 늘어나는 업무 강도와 설상가상으로 생각지 못한 인사발령까지 스트레스가 극도에 달했었나 보다. 자다가 새벽에 소리를 지르고 욕을 내뱉는 일이 점점 많아지더니 새벽에 갑자기 거실로 나가 유럽으로의 이민 방법을 알아보고 있고, 공무원 시험 준비를 알아보기도 했다가, 수능을 다시 볼 생각과 회사를 그만두고 할 수 있는 일은 무엇인지를 생각하고 있었다.

그러던 중 잠시 멈춤이 필요할 것 같다는 아내의 권유에 과감히 휴직계를 제출했다. 철없는 남편에게 적극적으로 신뢰를 보내준 아내 덕에 모든 생각을 잠시 내려놓고 치료에 전념하기로….

내 스트레스의 근원에 대해서 원점부터 생각해 보는 시간도 덩달아 생겼다. 치열하게 사는 것이 당연하다 말하면서 내심 안정된 삶을 갈구하는 내 속마음이 읽혔다. 왜 이민을 가려고 했는가? 왜 공무원이 되고 싶었는가? 비전과 목표가 있는 도전이 아니라 지금의 현실에 대한 불평과 불만이 스트레스의 원인이었나 보다.

나는 안정된 수입, 안정된 노후를 원하며 답이 없는 현실에서 도망

가고 싶었다. 지금 처한 현실을 세일 중요하게 생각했기에 지금이 힘들면 모든 게 힘든 것이었다.

모처럼 예전의 일기장을 읽으며 그때의 나로 돌아가 웃어 보면서, 지금의 일도 나중에는 웃을 수 있을까 하는 긍정 회로를 가동시키기도 했다. 그동안 신경을 못 쓴 일도 하나씩 해결했다. 전세 계약 만료 일자를 앞두고 길거리로 내몰리기 전에 다음 전셋집을 알아보면서, 바뀔 새 환경에서 펼쳐질 희망을 그려 보기도 했고, 무엇보다 가족들과 시간을 많이 보내면서 마음을 많이 회복시켰다.

부모님들과 보내는 시간은 많으면 많을수록 인생의 교훈을 더 많이 얻고 배우게 되는 것 같다. 가정을 꾸려 살아보게 되니 부모님들이 지금까지의 살아오신 그 삶의 여정 자체가 자식들에게는 존경의 대상이 되고 시간이 지날수록, 부모님 앞에서는 더욱 고개가 숙여지게 된다.

그리고 다시 나를 돌아보게 된다. 순간에 충실하다 보면 그게 인생이라는 여정으로 가는 것이니, 너무 잘 살려고 하기보다 할 수 있는 최선을 다하자고 마음도 먹는다.

나에게 주문한다. 최선을 다해도 안 되면 후회 없이 항복하라고, 궤도를 수정하다 보면 길이 보일 것이라고, 행복을 잡은 사람은 아무도 없다고 그러니 지금 충분히 행복해하라고, 행복은 잡는 것이 아니라 행복하다고 하면 내 것이 되는 것이라고, 지금 나는 이런 이야기를 함께 나눌 가족들이 있으니 이미 행복을 가진 것이라고.

내일 다시 나는 회사로 복직하지만, 당분간은 또 버틸 수 있는 에너지를 확보했다. 언젠가는 또다시 방전되겠지만, 그때마다 '판단', '비판', '분석', '회피'는 해결책이 아니라 잘하고 있다는 '격려'만이 해결책이라는 것을 깨닫는다.

우울한 대한민국 그 안에서 힘들게 꿋꿋이 살아가는 사람들을 대할 때면, 앞으로는 내 머리로 판단하지 않고 '우리 잘하고 있다'고, '조금만 더 힘내자'고 격려하고 위로하는 따뜻함을 가지고 싶다.

삶을 바라보는 안경 2020. 11. 26.

실타래처럼 서로 간에 얽혀있는 것들을 풀기 위해 부단한 애를 쓰며 살아간다(그것이 감정의 문제이건, 이해관계의 문제이건). 가끔은 이 실타래를 풀어가는 과정이 인생이 아니라, 얽힌 채로 살아가는 법을 배우는 것도 인생임을 알게 된다. '아 그런 게 인생일 수 있겠구나' 하는 생각이 들 때면 서로 얽혀 있지 않은 인생도 마주하게 된다.

누군가에겐 슬픔이 누군가에겐 기쁨이 되고, 누군가에겐 박탈이 누군가에겐 기회가 되는… 살아있으면 마주하게 되는 이 다양한 모습들을 보자면 인생은 뭐라고 정의하는 것이 아니라 어떻게 해석하느냐의 문제로 접근을 할 필요도 있다는 것을 느끼게 된다.

'달리기'라는 안경을 쓰고 바라보는 삶이란 제법 괜찮다. 흐릿한 난

시를 또렷하게 교정해 주는 너석이다. 그래서 나는 오늘도 달렸다. 그리고 인생을 바라보는 좋은 안경을 가지고 있음에 감사했다.

공감의 욕구   2020. 3. 11.

인간은 무조건인 내 편을 필요로 한다. 다들 뭐라고 해도 너만은 맞다고 해주는 그런 존재, 내 마음을 이해하고 긍정해 주는 그런 존재 말이다. 진나라 고사에도 선비는 자신을 알아주는 사람을 위해 목숨을 바치고, 여자는 자기를 기쁘게 해주는 사람을 위해 꾸민다고 했다.

인정과 공감의 욕구는 시대를 떠난 인간의 본능인 것 같다. 관심사, 취미가 같으면 즐겁고 생활환경, 소득수준이 비슷하면 더 잘 통하고, 종교, 정치, 문화의 색깔이 비슷할수록 더 끌리는 것 또한 공감의 요소가 많아지기 때문일 것이다.

하지만 공통점 하나 없는 사람끼리도 불가피하게 살아가다 보면 그 안에서 공감대가 다시 만들어지게 된다. 그렇게 공감의 힘은 어마어마하지만, 반대로 공감의 결핍이 만들어내는 상황은 끔찍하다.

공감의 결핍 시대에 살고 있다. 그나마 SNS의 긍정적인 효과는 공감되는 글과 사진만으로도 공감을 주고받을 수 있고, 나의 Wannabe 모습을 보며 대리만족도 느끼며 공감분출의 해소 역할을 일정 부분

하는 것이지 않을까 싶다.

그런데 가상세계에서만 계속 있고 싶지가 않다. 이 코로나19가 빨리 종식되어서 진짜 밀도 있는 공감의 시대를 살아가고 싶다. 자연과도 공감하며 사람과도 공감하며 음식과도 공감하며 말이다.

언제쯤 다시 가능하게 될까?

감정의 전파 2020. 3. 23.

나쁜 감정이란 전염성이 매우 강해 주변으로 급속히 퍼져 나간다. 어디선가 뒈지게 박살 난 감정은 누군가를 향해 다른 방식으로 쏟아내게 되고, 그 누군가는 또 다른 대상으로 감정을 전염시킨다.

감정은 알게 모르게 내부에 축적되며 다른 모습의 탈을 쓴 채 변모해간다. 마치 바이러스가 숙주를 찾고 치명률은 낮추되 전염성만 높여 본인의 생존을 최적화하는 방법과 닮았다. 숙주가 죽으면 본인도 죽는 걸 아는지 피폐하게 만들지언정 살려는 둔다. 그리고 다른 숙주를 찾아 또 떠난다. 감정 백신과 치료제가 필요하다.

1차 치료제는 사람을 만나 입을 턴다. 2차 치료제는 단·짠·매 음식을 찾아 배를 턴다. 3차 치료제는 강렬한 운동으로 몸을 턴다. 그렇게 쓰리 턴으로 정신 소진, 육체 소진과 함께 나쁜 감정도 소진한다.

나쁜 감정은 왜 이렇게 전파가 빠르고 좋은 감정은 왜 이리 전염이

더닌가? 감정에도 백신이 있다면 아직 세상에 반응하지 않는 아들에게 먼저 주입하고 싶다.

본질에 대한 고찰　2016. 12. 7.

시대는 우리에게 계속 정량적인 목표를 세우도록 요구한다. 그것은 측정이 가능하고, 평가가 쉽고, 관리가 용의하기 때문이다. ex) 회사의 원가 목표: 부품 원가 0만 원 절감달성, 국가의 경제 목표: 경제성장률 0.0% 달성, 가정의 재무 목표: 대출 최소 0000만 원 상환. 가정의 재무 목표를 달성하기 위해 한 달에 00만 원은 세이브 해야 한다는 소계획을 세우고 이렇게 해보자, 저렇게 해보자 지침도 세운다.

기업이든, 국가든, 가정이든 모든 정량적인 목표에는 세부지침이나 행동규약이 뒤따라오게 된다. 갑자기 큰 지출이 발생하는 일이 생기면 목표 달성을 위한 만회 수정 계획을 다시 세운다. 목표의 본질은 잊은 채 너무나 바쁜 하루 속에서 생각할 틈 없이 자연스럽게 그 프레임을 따라갈 수밖에 없지만, 시작하는 순간 우리는 형식의 늪에도 빠져들게 된다.

'이것을 했는가, 안 했는가?', '이것을 달성했는가, 미달성했는가?' 결국 이런 형식에 대한 강조는 신앙에서는 바리새화를 가져오듯 우리의 삶에서도 형식에만 치우치는 바리새화를 조장한다.

1년에 이만큼의 돈을 모으겠다는 것의 본질은 무엇인가? 내 소유의 집을 빨리 이루고 싶다는 것인가? 빚이 주는 심리적 압박감에서 해방되고 싶은 것인가? 가지고 싶은 무엇인가를 얻기 위해서인가? 더 많은 것을 자식들에게 해주고 싶어서인가?

'삶을 함께 더욱 풍성히 누리기 위해서'라는 정도로 종합을 하면 무난할 것 같다. 이것이 돈을 모으는 본질이라고 정의해 본다면 갑자기 생각지 못한 지출의 상황이 생겼을 때, 그것이 정량적인 목표달성에는 저해요인이 되더라도 본질에 비추어 보았을 때 부합된다면 그냥 흘러가도록 두어도 된다는 말이다.

지인들의 경조사가 갑자기 몰려 몇백의 경조사비가 나가더라도, 부모님께 좋은 선물을 드릴 기회가 생겨 추가지출이 생기더라도, 갑자기 좋은 여행지를 알게 되어 급 번개 여행을 가더라도 이러한 것들로 인해 정량적인 1년의 목표달성은 날아간다 한들 '삶을 함께 더욱 풍성히 누리기 위해'라는 본질에 비추어 볼 때 크게 무리가 없다면, 정량적인 목표에 목숨을 걸 필요는 없다. 마음속에 조바심과 불안함이 이것을 방해할 뿐, 당장 굶어 죽는 형편이나, 생사를 다툴 일이 앞에 있지 않다면 빨리 가려고, 빨리하려고, 반드시 달성하려고 집착하거나 매여 있을 필요는 없다.

매년 말이 되면 회사는 사업계획, 신년계획으로 전쟁터가 된다. 직원들은 모든 역량을 여기에 붓고, 이는 곧 회사법이 된다. 사업계획, 운영계획, 목표필달, 세부지침, 행동양식! 회사뿐만 아니라 모든 조직은 비슷하게 돌아간다.

목표를 수립하고 목표필달을 위해 지침을 수행하는 도중에는 예상치 못한 위기나 혼돈이 언제나 닥친다. 그럴 때는 정량적인 목표를 반드시 고수하려고 인위적인 편법을 동원하거나 그 자체에만 집착하기 전에 그 목표를 세우게 된 본질을 되돌아봄이 필요하다. 그렇지 않으면 어느새 본질은 없고 비본질만 남게 된다.

일상에서도 여러 사람들을 만날 때나, 여러 정보를 접할 때마다 무엇이 진실이고, 무엇이 옳은 것인지 흔들릴 때가 있다. 내가 흔들리지 않기 위해서 기준이 필요했고 본질에 대한 나만의 정의를 세워감이 필요했다.

우리는 자유롭기 위해 본질과 진리를 알고 싶어 하지만 무엇이 진리인지를 잘 알 수가 없다. 죽는 날까지 그것이 무엇인지 알 수 없을지도 모르지만 알려고 하는 시도와 고민의 시간이 사치라 생각하지 않는다.

자식은 부모가 되어 보기 전까지 부모님의 깊은 뜻을 온전히 이해할 수 없다. 머리로 아무리 이해해 보려 한다 한들 부모가 아니기에 한계가 있을 수밖에 없다. 우리는 스스로 신이 될 수 없기에 평생 신의 깊은 뜻을 온전히 이해할 수도 없을 것이다. 하지만 그 뜻과 본질을 알려고 하는 노력만은 계속되어야 한다. 부모의 뜻을 헤아려 보고자 하는 마음이 곧 효도의 시작이고 신의 뜻을 알고자 하는 노력이 곧 '이 땅에서의 천국을 어떻게 이루어 갈 것인가?'의 문제를 해결하는 첫 단추일 것이기 때문이다.

관계의 지침   2020. 8. 5.

여름휴가 기간 와이프에게 단 하루만 혼자서 시간을 보내고 오겠다고 했다. 내가 내는 소리 말고는 아무 소리도 들리지 않는 곳으로 가고 싶은 마음이었다. 그렇게 혼자 산을 올랐다. 이내 마음이 평온해졌다. 그러고 나니 '이 좋은 곳을 혼자 올 게 아니라 와이프와 함께 올걸' 하는 마음이 생긴다.

인간관계에 지칠 땐 혼자임을 바라다가 다시 혼자로 돌아온 후엔 함께임을 바라다가 그렇게 그렇게 바람의 연속이 우리의 삶이던가? 그때도 저때도 지나고 나면 별것 없는 것인데.

상처받을 것을 알면서 또다시 믿고, 다시는 상처받지 않을 것처럼 또 나를 고립시키지만 다시 또 믿어야만 살아갈 수 있는 것이 인생.

지갑을 여는 열쇠   2020. 12. 2.

남자들은 보통 '우쭈쭈' 해주면 기분이 업 된다. 기분이 업 되면 지갑이 열린다(나만 그런 건가…).

"야~ 오늘은 내가 살게~"

오늘은 내가 사고, 내일도 내가 사고 그렇게 못 지킬 공약은 계속 남발이 된다. 우쭈쭈를 하지 말아야 한다는 것이 아니라 졸라서, 갈궈서 마지못해 얼린 시갑과 우쭈쭈를 통해 자발적으로 열린 지갑에는 큰 차이가 있다는 말을 하고 싶은 것이다. 곰곰이 내 주위의 남자들을 떠올려 보니 대다수가 진심 어린 우쭈쭈에 이성을 잃는 경향을 보였다는 것을 발견했다(진심이 없는 우쭈쭈에도 이성을 잃는 사람도 제법 있었다).

기분이 좋았을 때 열리는 지갑이 있는 반면 열릴 수밖에 없는 지갑도 있다는 것을 발견했다. 아들이 며칠 전부터 "아빠~ 아빠~ 나 딸기 사주세여!", "아빠, 나 나 나. 이거, 이거 이것도 사주세여~" 하고 조른다. 퇴근길에 마트에 들른다. 아직 제철이 아니라 그런지 딸기 값이 너무나 비싸다(치킨 한 마리 값을 훨씬 넘어버린다). 그 앞에서 나는 주저하다 결국 딸기 요플레와 바나나를 대체품으로 사들고 집으로 갔다.

"아빠 최고~ 아빠 이만큼~ 마니~ 세계~ 좋아!"라며 이상한 최상급 표현을 남발하며 뛰고 좋다며 난리를 친다. 그렇게나 좋았는지, 잠들기 전 침대에선 "아빠! 오늘 딸기 사줘서 고마워~" 하며 폭 안긴다. 뭐 대단한 걸 사준 것도 아닌데 아들의 이런 표현 앞에, 딸기를 두고 망설였던 마트에서의 내 모습이 오버랩 되고, 미안함에 순간 울컥하게 된다. 아이씨~ 다 사주고 싶어진다.

"이준아~ 아빠가 이준이 가지고 싶은 거 다 사줄게! 먹고 싶은 거, 가지고 싶은 거 아빠한테 다 말해~"

나는 지키지 못할 공약을 왜 남발하는 것인가….

"이게 바로 사랑이다, 사랑인 것이야"라고 말을 한다면 그럼 나는 왜 와이프가 사달라는 것은 안 사주는 것인가? 나는 정말 와이프를 사랑하는 걸까? 하는 의문이 갑자기 든다. 연애 때는 사랑을 가슴으로 했고 결혼 후에는 사랑을 머리로 해야 한다고 했나? 아니다. 사랑은 지갑으로 해야 한다고 했나?

작은 것에도 이렇게 크게 반응한다면 우리의 지갑은 자꾸 열려 빚 잔치의 끝판왕을 보게 될까? 우쭈쭈가 지갑을 여는 치트키라면 쭈쭈바를 냉장고에 쟁여 놓고 살아야 하는 걸까?

반응이 지갑을 여는 열쇠라면 와이프의 지갑을 열어 보고 싶어진다. 좀 더 수다스러운 남편이 되어야겠다. 정신 나갔다고 의심받지 않는 선 안에서, 사고 쳤냐고 의심받지 않는 선 안에서.

08
출산과 마주하기

유난 떨지 않는 아빠 2017. 11. 7.

나는 유난 떨지 않는 아빠가 되겠다고 다짐했었다. 무슨 일이 생겼을 때에 와이프가 걱정을 하거나 불안해하면 같이 초초해하지 않으면서 '괜찮아, 별일 아니야'라고 말하는 역할을 맡겠다고 했다.

그런데 막상 와이프 몸에 생각하지 못한 징후가 나타날 때면 괜찮을 거라고 말은 하지만 정작 속은 타들어 갔다. 몇 번씩 긴급하게 병원을 찾을 때면 "남편분은 일단 밖에서 대기하세요." 하고 조금 후에 다시 부르는데 그동안 머릿속은 깜깜해지고 가슴은 계속 두근두근한다. 막상 보면 샬롬이(태명)는 안에서 잘 놀고 있는데 말이다.

태어나지도 않았고 아직 초기인데도 왜 이리 오버하는지 내 모습이 우습기도 하다. 나는 앞으로도 얼마나 많이 샬롬이를 걱정하고 별일 아닌 일들에 가슴을 졸이게 될까? 정작 해줄 수 있는 것은 없는데… 와이프의 지인들은 "샬롬이가 아들이어야지 딸이라면 극성인 아빠로 인해 참 피곤한 인생이 될 거 같다"고 걱정했다.

저번 주말 12주 차 검진 때 의사 선생님이 초음파로 샬롬이 가랑이를 보시더니, "엄마 아빠가 여기를 많이 궁금해들 해요." 하시면서 "밋밋한 감이 있어요." 하고 툭 던지신다. 와이프에게는 표정 관리를 하면서(나는 딸은 원했었다.) "나중 되면 아빠는 안중에도 없고 엄마랑만 친구같이 지내면서, 다른 남자에게 푹 빠져 아빠의 마음만 문드러지게 할 건데… 벌써 짝사랑의 고통이 느껴지네"라고 툴툴거린다. 그래 놓고는 아직 청각도 없어 목소리도 인지하지 못하는 샬롬이에게 아빠 목소리를 듣게 해야 한다고 동화책을 읽어주겠다고 했다가, 한숨을 쉬었다가, 다시 웃었다가… 혼자 정신이 없다.

순간 큰 그림이 그려졌다. 이 기회에 샬롬이 태교를 핑계로 마음에 품었던 스피커를 사야겠다는 마음이 들었다. 와이프를 앉혀 놓고 스피커 이야기를 시작했다. 매우 심각한 표정으로 A4용지를 꺼내어 스피커의 작동 원리를 설명하고 기존 구입한 스피커의 본디 용도는 내가 부엌에서 설거지하며 듣거나 라이딩용으로 쓰기에 적합하다는 둥, 내년부턴 극장, 음악회도 당분간 끝이니 집에서 영화도 보고하려면 이 정도 출력이 나오는 스피커가 있어야 한다는 둥, 한번 살 때 좋은 제품으로 구입해야 중복투자를 막는다는 둥, 이 모든 것은 비단 샬롬이만을 위한 게 아닌 엄마를 위해서라는 둥 썰을 풀기 시작한다. 그리고 청음 숍까지 데리고 가 막혔던 귀까지 뚫어지게 해줬다.

명분과 형식, 과정, 절차 모두 성공적이었다(어차피 내 맘대로 할 거면서 무슨 말을 이리 길게 하냐고 쳐다보는 눈빛과 그만 청음하고 가자는 눈빛을 피해 바로 수분까지 마쳤다). 인생은 역시 **쇠단빼**(쇠뿔도 단김에 빼야 한다)라고 그 타이밍에 치고 가지 못했다면 다시 기회는 없었을 수도 있었겠다.

그러고 나서 와이프에게는 아무리 생각해 봐도 샬롬이의 성별이 혹시라도 바뀐다 한들, 나는 유난 떨지 않는 아빠가 못될 것 같다고 다시 이해를 구했다(최종적으로 아이의 성별은 아들이었다).

팀플 2017. 12. 14.

와이프는 나와 결혼을 고민할 때, 부모님과 멀리 떨어지게 되는 것, 전혀 연고가 없는 곳으로 오는 것에 대해 걱정을 많이 했었다. 물리적으론 멀어지지만 마음의 거리가 그것과는 반드시 비례하지도 않고, 이곳에 오면 아는 사람은 없을지라도 내가 여러 몫을 해서 둘이 더 친해지고 부모님에게도 자주 가겠다는 약속을 하며 안심시키고 프러포즈를 성공했었다.

나는 하고 있었던 동호회를 하나씩 정리하고, 영양가가 없는 모임들도 빠지기 시작하고, 하는 운동들도 종류를 줄이면서 매일을 그렇게 와이프와 시간을 보냈었다. 그 사이 직장도 구하고 사람들도 사귀며 그녀의 광주 정착기는 무난한 듯 보였다.

내년 출산을 내다보며 다시 걱정을 시작한다. 둘이 영화 한 편 보고 싶어도 오붓하게 차 한 잔, 데이트 한번 하고 싶어도, 경력 유지와 빛

청산을 위해 맞벌이 하고 싶어도 우리와는 거리가 먼 일이 되어 보였다. 애는 누가 봐주냐고 주위에서 와이프에게 물을 때면 괜히 내가 더 민망하기도 했다. 그렇게 바라던 생명을 주셨는데 이제 이런 투정을 하는 우리의 모습에서 인간의 간사함도 느끼게 되었다.

하지만 우리에겐 누구보다 기막힌 팀플이 있으니 이 콤비를 믿고 가보자 했다. 같이 집에 들어오면 한 명이 먼저 씻는 사이 누군가는 빠르게 식사 준비를 하다가 욕실에서 나오면 신속한 터치로 공수 교대하기. 누군가 설거지를 하면 누군가는 상을 닦고 디저트 준비하기. 한 명이 청소기를 돌리면 다른 한 명은 걸레를 빨고 미리 쓰레기통을 비워 놓기. 서로의 회사나 친구들의 부부 모임을 가기 전엔 그곳에서 본인의 임무와 역할을 미리 파악하고 적당한 팀킬과 우아함으로 센스 장착하기.

기분이 우울해 있으면 뭐가 먹고 싶은 건지, 떠나고 싶은 건지, 어떤 음악이 필요한지를 눈빛만으로 캐치할 정도가 되어버린 너와 나의 케미. 척 액션 하면 척척 리액션해 줄 때의 그 짜릿함.

일일이 다 열거할 수 없을 정도로 서로 호흡을 잘 맞춰 왔던 지난 시간은 전부 샬롬이의 양육을 위한 준비였다며 내년엔 좀 더 고차원적인 작전 수행을 펼쳐 보자고 했다. 지금은 걱정을 할 때가 아니라 맘껏 돌아다니고, 맘껏 먹고, 날을 새며 떠들며 즐겨야 할 때라고 오늘 저녁도 외식이고 이번 주말은 외박이라며 서로에게 좋은 팀원이 되자고 약속했다.

그리고 나는 고차원적인 팀플레이 실습을 위해 팀플의 꽃인 농구를 다시 해야겠으니 당분간 매주 목요일은 회사 농구동호회 좀 참석하고 싶다고 협조전을 상신했다. 다 이게 우리 샬롬이를 위해서라고 둘러 댔지만 와이프는 이 큰 그림의 결과를 이미 알고 있는 것 마냥 쓰윽 웃으며 쿨하게 스포츠 매장을 가서 하얀색 신상 농구화를 골라주었다.

감동의 눈물이 가슴을 거쳐 눈으로 올라갈 때쯤 농구도 잘 못해 보이고 주로 벤치에 앉아 훈수만 둘 걸로 보이는데 무슨 검은색이냐며 신발이라도 예쁜 것 신고 뭐라고 떠들어야 덜 없어 보인다는 묘한 메시지도 주었다. 큰 작전을 수행할 때는 긴장이 풀어지면 끝장나는 법인데, 역시 긴장이 풀리지 않도록 마지막에 팽팽하게 줄을 당기는 이 팀플레이! 아, 이만한 케미라면 둘이서라도 뭐든 해낼 수 있겠다 싶었다.

사랑의 의미란? 2017. 12. 19.

처가에서 집으로 오는 시간은 차로 3시간 30분이 소요된다. 매번 그 시간을 꼭꼭 채워 이야기를 나누는데 오늘의 주제는 우리가 서로 만나기 이전 대학교 시절이었다. '우리가 어쩌면 그 장소에서 서로 모른 채 지나쳤을 수도 있겠다'에서 시작해 신나게 "IF~ IF~ IF~" 놀이를 해댔다. 그러다가 빚을 내서라도 자식을 위해 주머니를 여신 당시 부모님의 마음으로 화제가 전환되었다.

대학 시절 해외연수에 대한 붐이 한창이었을 때가 있었다. 취업 5종 세트는 기본이라는 당시 세태에 편승이 되어 그것을 채우기에만 혈안이 되어 있었고, 이력서에 특이사항 한 줄이라도 더 넣기 위해 몸을 팔아 헌혈 횟수를 늘리기도 하였다.

기어코 국비 연수생 자격을 취득해 부모님께는 생활비만 도움을 요청 드렸지만 당시에 우리 집 상황으로는 미국 F1 비자 취득이 왜 그렇게 힘들었는지 연대보증인 서류를 제출해야 한다는 말에 아버님이 상당히 당혹해하셨던 기억이 난다.

내 아이에게 많은 경험과 넓은 세상을 경험하게 해주고 싶은 마음은 모든 부모의 같은 심정이겠지만 탯줄을 끊는 순간 돈줄이 이어진다는 현실 속에서 '부모의 재력에 좌우되지 않고 아이에게 줄 수 있는 귀한 것은 무엇이 있을까?'에 대해 고민하지 않을 수 없다. 삶의 중요한 문제는 신념에 의해 결정이 되어야 하지만 자꾸 기회비용의 분석에 의해 결정하려 한다. 그래서인지 사랑도 결국 포기와 희생으로 나타난다.

곧 '아이에게 무엇을 해줄까'의 질문은 부모에겐 '무엇을 포기할 수 있느냐'가 된다. 내가 가지고 싶은 것과 아이에게 해주고 싶은 것 사이에서, 나만의 여가생활과 아이와 함께 놀아주는 시간 사이에서, 휴직으로 인한 경력 단절과 아이와 함께하지 못하는 것 사이에서…….

나는 어떤 것을 더 견딜 수 없는지 어디까지 감수할 수 있는지에 대해 스스로 대답해 보면 결론은 감수할 수 있는 만큼, 딱 거기까지가 된다. '사랑하는 것은 사랑을 받느니보다 행복하며, 사랑하였으므로 나는 진정 행복하였네라'라고 표현한 유치환 시인의 마음은 어쩌면 부모의 마음과 다르지 않을 수도 있겠다.

우리가 소망하는 그 나라에서는 사랑이 어떻게 정의되어 있을까? 무조건적인 사랑과 헌신이 항상 좋은 결과를 가져다주지 않기에 부모가 사랑의 정의를 무엇으로 규정하는지는 결코 가벼운 문제가 아닌 것 같다.

크리스마스의 의미를 되새기며 사랑에 대해 이번 주말 끝장토론을 한번 열어 보련다. 장소는 내가 예약해 둘게. 샬롬이도 잘 경청하도록!

이름 짓기 2018. 1. 29.

ㄱ~ㅎ까지의 표를 만들어 거실에 붙여놓고 생각날 때마다 적어 본들, 가족들에게 상금을 걸어 공모전 참여를 독려해 본들, 아직 딱 '이것이다!' 하고 끌리는 이름이 없다. 태초에 모든 사물의 이름을 지었다던 아담의 능력이 부러운 요즘이다.

해섭: 바다 '해' + 빛날 '섭'

'섭' 자는 돌림자로 쓰였기 때문에 의미는 없었고 집안에서는 가운

116

데 자로 이름이 불려졌다. 그래서 불린 나의 이름 '바다'. 모든 걸 받아주라고 해서 '바다'라고도 했고, 넓은 마음을 가지라는 뜻도 넣으셨다고 한다. 이름에 대한 나의 집착 때문이었는지 몰라도 해군사관학교가 나의 운명이라고 목표로 삼았었고, 조선소에 일하는 것이 내 운명이라 믿기도 했었다.

와이프는 주님의 은혜로 생명을 받았다는 의미와 평생 주님의 은혜를 구하며 살아가라는 뜻으로 주혜라는 이름을 가지게 되었다고 한다.

샬롬(태명)이는 어떤 이름을 가지게 될까? 성경 필사를 할 때 끌리는 이름들을 따로 메모해 두며 성경적인 이름을 고려하기도 했다가 다시 마음이 바뀌어 꼭 누구처럼 되기보다는 샬롬이 스스로의 이름과 삶을 통해서 하나님께 영광을 돌리었으면 하는 마음도 들었다.

둘만이 즐기던 소소한 데이트도 알콩달콩하던 신혼의 날들도 이젠 바이바이 해야 하고 태어나는 순간부터 육아 전쟁이 시작된다지만 그래도 빨리 보고 싶다. 아들!

한 사람 한 사람의 이름에 이렇게 많은 고민과 의미가 담겨있음이 새삼 깨달아지니 이제라도 모든 사람의 이름을 더 잘 불러주고 싶다. 바다야~ 주혜야~ 샬롬아~

출산을 앞둔 와이프 2018. 1. 30.

연애할 때는 중요한 순간에 망설임 없이 카드를 내밀더니 결혼 후에는 결재 앞에서 영점 몇 초씩 흔들리는 찰나가 있다고 한다. 잘 못 들은 척 하는 건지, 떨빵한 척하는 건지 헷갈리기도 하고, 잡은 물고기라서 그런지 밥을 잘 안 주는 것 같다고도 한다.

물질이 있을 땐 물질로써 마음을 표현했을 뿐이고, 물질이 없을 땐 다른 것으로 마음을 표현했을 뿐이고, 잡은 물고기에 밥을 안 주는 것은 지금 밥이 부족하기도 하고 그동안 우리가 너무 과식을 한 거 같아 다이어트가 필요한 것 같다고 해명했다.

최근 들어 와이프는 시간이 날 때마다 핸드폰의 사진첩을 열어 본다. 프러포즈의 파크 하얏트, 그때의 제주, 그때의 송도, 그때의 사이판, 파리, 산토리니, 이탈리아, 시애틀… 아이가 빨리 생기지 않는다고 힘들어하다가 그 스트레스와 집착에서 벗어나고자 주말이 되면 '인생 뭐 있냐' 하고 과감히 질러버렸던 용기들.

그러나 지금, 출산과 육아의 두려움에 대해 넋두리를 하는 와이프를 보며 사진 속 어느 곳을 제일 다시 가고프냐고 물었다. 그리고 곧장 떠났다.

"우리 잘 충전하고 출산까지 조금만 더 버텨 보자. 내가 더 잘할게. 샬롬이도 중요하지만 나에게는 자기가 훨씬 더 소중해, 고마워, 사랑해."라고 말을 하는 것이 정석이라고 책으로는 배웠는데 막상 입으로 말하려고 하니 오그라들어 입이 떨어지지가 않았다.

어쩌면 그녀는 그때 그 장소를 그리워했다기보다 그때의 자유로웠던 몸과 얽매인 것이 적었던 삶 그리고 앞으로 본인이 포기해야 할 자유 사이에서 잠깐의 생각할 시간이 필요했는지도 모르겠다.

그대여 힘이 돼주오. 나에게 주어진 길 찾을 수 있도록.
그대여 길을 터주오. 가리워진 나의 길.

Bar에 울려 퍼지는 피아니스트의 연주는 그 맘을 다 알고 있는 듯했고, 와이프도 그 맘을 전달받은 듯 연신 너무 좋다는 말을 반복했다. 지금 당장은 물질 따위가 마음을 다 담을 수 없어 앞으로의 행동으로 내 진심을 보여 주겠다는 말에 와이프는 말없이 손을 꼭 잡아 주는 것으로 대답했다.

당신은 물질로 표현해 주어도 괜찮을 것 같아. 난 이해할게!

전공자의 한계 2018. 3. 9.

요즘 통 나의 SNS에 새 소식이 없다고 다들 묻는다. 아빠치고는 유난스럽다는 이야기를 많이 들어서 이미지 관리 좀 하고 있다고 했다.

육아용품점을 가든, 박람회를 가든 엄마보다 훨씬 많은 질문을 쏟아내니 시간이 길어져 기다리는 본인 체력이 떨어진다고 이제 그만 가자고 재촉을 해댄다. 어제는 병원에서 의사 선생님에게 계속 질문을 했더니, 이제 병원마저도 혼자 다니는 게 덜 민망하겠단다.

만삭 때까지 일하는 와이프를 위해 도와준다고 이것저것 열심히 알아보고 육아용품도 많이 얻어놨지만 역시 남자가 혼자 하기엔 한계가 있었다. 나는 이제 좀 빠지기로 했다. 인수인계를 하고 배턴터치! 도움을 요청하기 전까진 바이바이다.

몸으로 많이 놀아주어야 하니 나는 체력이나 많이 키워두기로 했다. 오늘도 운동 잘 다녀올게~

아들은 떠나면 끝이라고 벌써부터 맘을 비우고 있는 와이프는 성인이 될 때까지만 부모로서 할 역할만 하고 그 뒤론 칼 같이 독립시키겠다고 한다. 그 뒤로는 우리 둘밖에 없는 것이라 하더니 나랑 둘이 할 무언가를 벌써부터 찾고 있다. 유아복지학을 부전공하고 어린이집에서 일도 해봤다고 하는데… 그래서인가? 너무 이론적인 말만 하고 있는 거 아닌가 싶다.

원래 전공자하고 그 분야의 이야기를 할 땐 답답한 게 있다. 난 확신할 수 있다. 막상 샬롬이가 태어나면 유난인 건 내가 아니라 엄마가 될 거라는 것을. 이 모든 증거와 대화 내용을 수집해 놓았으니 나중에 아들에게 다 보여줄 것이다.

나중에 엄마가 초췌하고 힘없는 모습을 좀 보이더라도 원래는 이렇게 우아한 여자였고 아빠가 찌들어 피곤해하는 모습을 좀 보이더라도 실제는 이렇게나 장난기 넘치고 매우 유쾌한 사람이었다는 것을 신샬롬, 네가 알아주었으면 해.

그리고 네가 우리에게 온 사실을 알게 된 후부터 엄마아빠를 비롯해 온 가족이 얼마나 행복했는지도 또, 처음이라 얼마나 유난이었는지도 아니?

동생을 원한다면 아빠가 엄마에게 잘해야겠지만 이번 너의 역할도 무지하게 크다는 것을 꼭 기억해줬으면 해. 발차기 좀 살살 하고 엄마 쫌만 괴롭혀 주렴.

또 기억해야 할 것은 가족들과 주위의 많은 지인들이 너무나 다양한 방법들로 너를 축복해 주었다는 거야. 잊지 말고 너도 앞으로 많이 베풀면서 살기를 바랄게. 네가 받은 축복의 빚은 엄마아빠랑 함께 갚아가자.

아빠는 원래 이렇게 말 많고 잔소리도 많은 사람이야. 엄마도 처음엔 치를 떨었지만 지금은 포기했어. 그래도 아들인 너는 금세 적응할 수 있을 거야. 엄마는 군대를 안 갔다 와서 그런 거 같아.

촬영 대가로 긴 시간 혹독한 상품 설명을 들으면서 세상에 공짜가 없다는 것을 너도 잘 느꼈지? 앞으론 엄마가 사진 공부를 많이 해서

너 예쁘게 찍어줄 거야. 너는 아빠랑 '김치~'나 하자.

달라진 일상   2018. 5. 12.

"좋냐?", "이쁘지?", "좋지?", "오지지?"라는 부모님과 지인들의 질문에는 민망하니, "힘들어요", "쉽지만은 않네요"라며 고된 일상을 먼저 털어놓게 된다(실제로 정말 힘든 것도 분명 있다). 그러면 한결같이 "지금이 좋을 때다"라는 말씀을 하시곤 한껏 우리의 기분을 팍 꺾어 놓으신다. 철없던 고등학교 시절이 좋았고 대학 시절이 좋았던 그 맥락인건지도….

과거도 충분히 좋았고, 지금도 충분히 좋은 것 같다. 항상 최선을 다했을 때 후회도 없지 않았는가.

"잠 좀 푹 자서 빨리 컸으면 좋겠다."

"걸어 다녔으면 좋겠다."

"대화가 되었으면 좋겠다."

"조금 조용했으면 좋겠다."

"조금만 더~ 조금만 더~"라는 이 사치스러운 말이 나의 입에서 나오지 않게 오늘의 이 감정을 기록해 놓고 싶었다.

오늘의 이 아이를 좀 더 사랑해 줄 시간이 부족했던 것이 미안했고 어제보다 조금 더 커버린 지금의 모습마저 너무 아쉽기만 하다.

새벽까지 말똥말똥한 이 아이와 한바탕 일을 치르고 다시 출근하게 되면 육체적으로 너무나 고되지만, 임테기에 두 줄을 확인한 그날의 기억을 다시 꺼낼 때면, 이상한 새벽 감성에 펑펑 눈물을 쏟으며 감사하다는 고백밖에 나오질 않는다. 아직 샬롬이가 주었던 여러 감동들 중 임테기의 두 줄이 선명하게 찍혔던 그날의 감동을 넘어선 것은 없는 것 같다. 잊을 수 없는 그날의 감동이다.

출근하기 전 말똥말똥 저렇게 있으면 나는 출근을 어찌해야 하나 싶다. "아빠 안 가면 안 돼요?"라고 아직 말을 못 해서 다행이다.

역사는 흐른다 2018. 5. 21.

부모의 관심사는 자식이 누구를 더 닮았는지보다는 혹여 부모의 안 좋은 것을 닮지는 않았는지다. 아빠의 지인들은 아빠를 닮았다고 말해 주고 엄마의 지인들은 엄마를 닮았다고 말해 준다. 할아버지 할머니들의 지인은 그분들을 닮았다고 말해주신다. 본인을 닮았다는 것이 신비하면서도 전통적인 최고의 인사말이기 때문인 것 같다. 하지만 누가 봐도 준이는 부인할 수 없게 외할아버지를 너무나 닮았다. 모두가 깔끔하게 인정했다.

첫 손주가 나의 형을 빼다 박은 경험을 하실 때도 신기해서 싱글벙글하신 담양 부모님은 업그레이드된 버전으로 기뻐하시더니 늦은 연세에 외탁인 첫 손주를 보신 문경집은 하루하루가 축제의 도가니라고 한다.

그렇게도 기다리며 사무친 샬롬이 아니었냐며 이상하게도 그렇게 자랑하고 싶은 맘이 생겨 억누르는 게 힘들다고 하시는데 이 기쁨을 더 일찍 드리지 못한 죄송한 맘까지도 들 정도였다. 양가 할아버지 할머니들의 유별남을 보며 나는 유별남을 이제 그분들에게 양보하고 내 역힐론에 대해 고민을 하기로 했다.

강한 아빠 코스프레!

괜히 가족 채팅방에 화제를 돌리고 싶어 우리의 흑역사 시절 사진들을 공유했다. 그리고 함께 추억 속으로 들어갔다.

부모님의 젊은 시절과 우리의 유년기 시절 그리고 아들의 그 계보. 우리가 부모이기 이전에 누군가의 귀한 아들이자 딸이라는 사실이 순간 가슴을 찡하게 만들었다. 애니웨이, 역사는 흐른다.

09
운동과 마주하기

라이딩 1   2017. 10. 19.

　며칠간 계속 지속되었던 두통으로 인해 과감하게 휴가를 제출했다. 바람을 좀 쐬고 싶었는데 단풍도 절정이고 날씨가 라이딩을 하기에 딱이라고 동기가 함께 휴가를 내주어서 변산반도 일주 투어 라이딩을 함께 떠날 수가 있었다. 50km 이상 라이딩을 해본 적이 없는 나는 오늘의 85km 코스가 내심 걱정이었으나 함께 동행해 주는 이가 있어 부담을 던 채 출발할 수가 있었다.

　10~20km대 영역은 역시 라이딩의 매력이 이것이구나 하며 산과 바다의 풍경이 주는 경치에 감탄한다. 온갖 긍정의 에너지를 내뿜는 단계. 30~40km대 영역은 일상의 고민들에 대해 생각을 정리하며 머릿속을 비워내는 단계. 50km 영역은 점점 체력이 떨어지면서 부정적인 생각과 주위의 힘든 사람들이 하나둘씩 떠오른다. 땅만 보며 별의별 기도가 나오는 단계. 60km 이후 영역은 라이딩에 온 것을 조금씩 후회한다. 각종 욕과 정체를 알 수 없는 단어들이 쏟아져 나오며 정신이

반 나가 있는 단계.

완료 후에는 목표를 달성함에서 오는 자기만족과 성취감으로 충만한 단계. 앞의 동기를 따라가는 것에만 모든 것을 쏟아 낸 나머지, 주위를 돌아보며 라이딩을 즐기지 못했지만 나도 50km 이상을 달렸다는 사실에 행복해했다. 모든 일정을 끝내고 집에 복귀하는 길에는 팬텀싱어 2 버전 「La vita」를 무한반복으로 볼륨 높여 들으며 오늘의 라이딩이 주는 교훈에 대해 초딩식의 리뷰를 해나갔다.

첫째, 누구랑 함께 가는지가 중요하다. 구간마다 번갈아 가며 선두 역할을 맡은 사람이 무리하지 않고 잘 끌어주었기에 오늘의 미션을 완수할 수 있었던 것처럼 삶에서 누구의 안내를 받을 것인가 고민하며 잘 살아가자.

둘째, 인생의 쉬는 타이밍을 잘 잡자. 남아 있는 큰 산들과 남은 거리를 떠올리면 포기하고 싶고 두려움에 미리 겁이 나지만, '일단 저기까지만 가서 조금 쉬자.' 하며 쉼의 구간을 잘 구별 지어놓는다면 퍼지지 않고 더욱 많은 거리를 갈 수 있다는 것을 느꼈다. 때로는 멀리 내다보는 것이 불행일 수도 있다.

셋째, 장거리를 가야 하는 삶의 과정에 있어서는 페이스 조절이 중요하다. 너무 급하게 가느라 초반에 체력을 다 소진해버리고 주위의 아름다운 풍경을 놓치며 땅만 보며 가지 말자(와이프에게 지금보다 더 잘 해주지 말자. 몰아서 잘해주면 우리가 빨리 번 아웃 된다. 인생은 길다. 진실함으로 꾸준히 잘해주자는 덤의 깨달음).

넷째, 삶의 바른 자세가 중요하다. 짧게 라이딩을 했을 땐 목의 통증이 없었는데 오늘은 둘 다 거북목이 된 거 같다며, 인생이 짧다면 대충 무슨 자세로 산다 한들 몸에 탈이 나는 것을 못 느끼겠지만 긴 여정이라면 올바른 자세와 태도를 가져야만 삶의 후유증이 남지 않는다.

다섯째, 안전과 건강이 가장 중요하다. 이 문제는 타협할 수 없다. 주위의 환경으로 인한 삶의 돌발변수가 생기면 일보 후퇴하는 것이 현명하다.

가장 중요했던 건, 오늘의 라이딩 경쟁에서 진 사람이 밥까지 쏘는 것은 너무 잔인한 처사 같다. 조금 여유 있는 이가 나눔의 정신으로 베푸는 것이 참 보기 좋을 것 같다. 앞으로도 서로 그런 사이가 되자며 브로맨스를 멋지게 깨부숴 버리고 맛있게 얻어먹고 왔다.

집에 돌아가서 와이프에게 오늘의 느낀 점을 공유해주고 '참 잘했어요' 도장을 받아와 회사에서 다시 리뷰하자는데 성공했나 모르겠다.

라이딩 2　2018. 7. 31.

모처럼 쉬는 날 새벽 일찍 홀로 라이딩을 나선다. 어제 자유부인으로 밤늦게 들어온 와이프를 대신해 혼신의 육아를 하고도 밤새워 뒤척이는 아들로 인해 잠을 몇 시간 못 잤지만, 혼자만의 시간을 보낸다는 자유로움에 페달링은 가볍다.

아직 해가 뜨지 않는 상쾌한 새벽공기의 힘인지 페달링에 속도가 붙는다. 컨디션은 체력과 더불어 날씨의 영향도 받는 것이 아닌가 생각해 본다.

깜빡하고 충전하지 못한 스피커의 배터리가 다 소진되어 음악이 꺼지자 페달링의 속도가 더뎌지는 것을 느낀다. 다시 페이스를 잃지 않기 위해 다리에 힘을 주며 어떻게 속도를 올릴까 고민에 빠진다.

속도를 올리는 데 힘에 부치자, 목표를 수정하며 속도에 관한 단상에 빠진다. 뉴턴의 운동 법칙 $F=ma$. 법칙에는 예외가 없듯 자전거 또한 가속도를 높이기 위해선 m을 기꺼이 줄여야만 한다. 다들 프레임을 알루미늄에서 카본, 카본에서 티타늄으로 바꾸고 몇 그램이라도 더 m을 줄이기 위해 각종 부품과 옷마저 바꾸는 것도 이런 이유에서이다.

그리고 그렇게 가속을 낸 후엔 1 법칙인 관성의 법칙 속으로 들어가게 되면서 페달링을 쉽게 멈출 수가 없다. 관성의 적용을 받게 될 때면 아드레날린과 도파민도 분출되기 시작한다.

30대 인생, 좀 더 빠른 이룸과 성취를 위해 F에 많이 주목해 살았다는 것을 알게 된다. 그것이 옳은 길인지 그렇지 않은 길인지는 알지 못한 채 가속도를 올리는 데에만 치중하고 그렇게 속력이 붙기 시작하면 관성에 의해 살아간다. F는 벡터라고 배웠지만 스칼라에 치중하여 살아간다. 그리곤 스스로에게 주문을 건다.

'길은 걷는 자의 것이기에 개척하면 된다'고.

방향이 더 중요하다는 것을 알고 있지만, 이 중요한 것을 되돌아보는 시간이 절대적으로 부족했다는 것도 알게 되었다. 속력이 떨어지는 것에 주목하기보다 내가 가는 방향이 맞는지를, 그리고 수시로 나침반을 꺼내어 방향이 달라지진 않았는지를 확인하기 위해선 이렇게 탁 트인 자연으로 나올 필요가 있었다.

막힌 공간에서는 출구만을 찾게 되지만 드넓은 자연을 나와 보면 내 몸에 자연적으로 방향 감각이라는 것이 생기게 된다. 그렇게 생긴 방향감각이 나를 올바른 방향으로 이끌리라 생각한다.

이렇게 자꾸 강이 좋고 산이 좋고 하늘이 좋아지는 것은 나이가 들어서가 아니라 그만큼 더 건강해지고 싶고, 순수해지고픈 욕구라 믿고 싶다.

라이딩 3 2018. 7. 7.

유부남들의 대화가 언제나 그렇듯 "라이딩 한번 하려고 이렇게까지 우리가 해야 되냐?" 하며 한풀이를 했다가 "그래, 이렇게라도 하고 싶은 것 하는 게 어디냐." 위로하며 오늘을 즐기기로 한다. 라이딩을 마치고 집으로 복귀하면 배턴터치를 하고 오후에는 와이프가 나가기로 뇌었는데 그 생각을 하면 지금을 더욱 미친 듯이 즐겨야 할 깃 같다.

페달을 열심히 굴리면서 '언제쯤이면 가족들과 라이딩을 함께할 수 있을까?' 하는 생각을 가져 보게 된다. 너무 내가 좋아하는 것들만 가족들에게 강요하는 것 같기도 하니, 이 문제는 나중에 아들의 의사를 직접 물어보아야 방향이 정확해질 것 같다.

"아빠랑 라이딩 같이 갈래, 아니면 엄마랑 백화점 좀 같이 갈래?"라는 질문에 아들은 뭐라 답을 해줄까 궁금하다. 본인에게 카드만 주고 아들이랑 둘이 라이딩을 갔다 오라는 것이 와이프의 뜻이겠지만, 아들이 "엄마랑 셋이 라이딩 가자"라는 지혜로운 답변을 해줬으면 좋겠다는 희망도 가져 본다.

유부남들끼리의 대화는 그렇게 와이프에 대한 이야기에서 아들의 이야기로 향한다. 아들들의 의사를 물어보기도 전에 우리들은 벌써 아들들의 자전거 모델을 알아보고 있으며, 어느새 광주에서 아이와 함께 자전거를 탈 수 있는 장소를 답사할 계획도 세우고 있다.

나는 라이딩을 사랑하고 아들도, 와이프도 사랑한다. 사랑하는 이들과 사랑하는 라이딩을 하는 것은 상상만으로도 행복한 일이며 이 바람을 관철시키기 위해, 나는 앞으로 수많은 세뇌를 시도할 것이다.

"라이딩이 싫다면 우리 마라톤 할래(이게 바로 협상의 시작)~?"

계단 오르기 2020. 11. 19.

　미세먼지가 심한 날이나 비가 많이 오는 날, 혹은 너무나 추워 나갈 엄두가 생기지 않는 날은 계단 오르기로 러닝을 대체한다. 이것의 장점으로 말할 것 같으면 현관문만 나서면 된다(이게 젤 어렵지…). 거기에 유산소, 무산소까지 다 되지, B1~22층까지 5세트 기준, 30분 소요에 땀이 나는 정도로만 보자면 1시간 러닝 때보다 훨씬 효과적인 데다 근력도 향상되지, 무릎이나 발목에 무리도 없지, 시간 투자 대비 정말 굿이다.

　단점이라고 한다면 러닝이 주는 그런 미친 쾌감 같은 게 없고, 실내라 답답하고 너무나 지루하다(이게 젤 큼). 오래 하면 어지럽기도….

　가장 현실적인 문제도 있다. 계단을 오르는 중, 현관문에서 누군가가 갑자기 나온다거나, 온몸이 땀에 절어 숨이 할딱거리는 상태로 누군가와 엘리베이터에 동승했을 시, 서로 뻘쭘하다는 것이다(나 이상한 사람 아닌데, 위아래 훑어보고 침묵행). "저 운동 중이에요~"라고 먼저 말하기도 이상하고, 그럴 땐 오버해서 급히 큰 호흡으로 내리자마자 뛰는 수밖에… "습습후후~~"

　누가 봐도 '쟤 운동하는구나…' 느낄 정도의 과감한 복장 또한 필수이다. 두껍게 입고 시작했다가, 땀이 나기 시작하면 우리 집문 앞에, 허물을 벗어 던져 놓으면 된다.

수영 1   2020. 11. 7.

수영 없이 못 살던 시기에는 이것이 진짜 인생 운동이라고 그렇게 떠들었으면서 요즘엔 러닝에 밀려 수영장에 갈 생각을 안 한다. 사고를 접한 이후 물에 대한 공포도 있었지만 안 쓰면 퇴화되는 몸의 속성을 거스를 수는 없기에 감을 유지하기 위해서라도 의도적으로 시간을 내야 한다.

의도적인 방법이라 함은 예쁜 수영복을 지르는 것이지! 장비가 운동의 욕구를 부르는 것인지 운동의 욕구가 장비를 부르는 것인지는 닭이 먼저냐 계란이 먼저냐의 논쟁처럼 답이 없겠지만 중요한 건 우리가 계란을 먹을 수 있다는 사실, 어떤 이유에서든 운동을 하게 되었다는 사실이다. 그거면 된 거다.

운동은 하루를 짧게 만들지만 인생을 길게 만든다는 말이 있는데 단순히 길게 사는 데에 방점이 있는 것이 아니라 오래 살되 건강하고 튼튼하게 살게 해주며, 그로 인해 나의 사랑하는 사람들에게 노후에 나의 건강으로 인한 물질적, 심적인 염려를 끼치지 않는 데에 실질적인 의의가 있다고 생각을 해본다.

라고 쓰고 당장은 내 기분을 위해 운동하는 거지… 뭐, 이것도 엄연히 따지면 건강의 문제인 것. 건강해야 육아도 잘한다.

수영 2 2020. 11. 19.

수영을 하는 동안은 머릿속에 생각이 머물 시간이 없다. 지금 물이 잡히고 있는지를 감각으로 느끼고 내 자세를 의식해야 하는 문제에 온갖 신경이 집중된다.

그럼에도 불구하고 수영의 가장 큰 쾌감이라 한다면 운동 후 이완되어버린 내 몸 구석구석에서 외치는 환호성이라 말할 수 있다. 다른 운동들이 몸의 근육통이나 뻐근함을 정신의 개운함과 상쾌함으로 바꾸어 준 것이었다면 수영은 몸도 정신도 동시에 개운하게 해주는 사기 운동이다(요가, 필라테스도 이런 느낌이라던데… 수영의 개운함과 비교해 보고 싶어 언젠가는 꼭 해볼 것이다).

근데 왜 이렇게 자주 안 가게 되는가? 그 이유를 찾는다면, 이게 다 달리기 때문이다. 둘 다 포기할 수 없다 보니(라이딩은 어느새 아웃 오브 안중) 날씨와 그날의 운명에 맞추어 선택할 수밖에 없다. 오늘은 비 덕분에 수영장을 갈 운명이었다. 날씨야, 고맙다. 수영장을 보내준 와이프도 무척 고오맙다~

등산 2020. 11. 17.

삶의 모토라 하기엔 너무 거창하고 매일 나에게 반복적으로 주문하는 그런 것들이 있다.

그중에 하나 '더 많이 감탄하기'. 감탄이 얼마나 인간을 풍요롭게 하는지는 알면서도 감탄을 얼마나 잊고 살았는지는 알지 못했던 것 같았다. 같은 현상을 보고 관점만 바꾸면 되는 감사하기의 영역보다 태도와 습관의 도움까지도 필요한 이 영역은 더욱 난해했다. 거울 속의 내 모습을 보고 감탄할 일은 없고, 와이프의 얼굴을 보고 감탄을 하다간 레이저를 맞을 것이다(좋은 의미였다 해도 "장난하냐?"로 나올 것이고, 나쁜 의미였으면 뭐 그냥 끝이지⋯).

감탄이란 찾아내는 것이 아니라 그 찰나의 순간을 포착해야 하는 타이밍의 문제인 것 같다. 우리가 배달의 민족이기 이전 추임새, 아니 리, 발림의 민족이 아니었던가?

여러 관계 속에 나오는 나의 반응들도 돌이켜보게 된다. 그런데 아무리 돌이켜보아도 감탄의 대상에는 자연만 한 것이 없음도 깨닫는다. 하늘도 구름도 땅도 나무도 이 색감도 감탄을 위해 자꾸 바깥으로 나가야 하는데 이놈의 코로나⋯.

아차, 책을 읽으며 감탄하는 순간들이 있었다. 맛있는 음식을 먹을 때 나오는 이 쌍욕은 또 무엇이던가? 감탄도 결국 실행의 문제로 귀결되나 보다.

여러 관계 속 감탄에 찬물을 끼얹는 누군가들이 신경 쓰이다 보니 혼자서도 충분히 감탄할 수 있는 것들에 더 주목하게 된다. 휴가를 내고 산을 한번 오르고 싶어졌다. 산을 오르기 전부터 정상에서의 순간,

하산 후 먹는 보리밥과 하산주까지… 마음껏 감탄하며 내 감정을 충분히 느끼기 위해 휴가를 지르기로 마음먹었다.

목표는 정상도, 만만한 봉우리조차도 아니지만 눈에 들어오는 나무와 잎과 흙의 색감에 치유가 되고 귀에 들려오는 물소리에 머리가 차분해진다. 코로 들어오는 이 숲 냄새는 상쾌하기까지 하다. 말없이 그렇게 숲길을 걷다 보면 어느 순간, 어디에선가 평소 잘 들리지 않았었던 내 마음의 소리가 들리기도 한다(같이 따라온 와이프가 힘들다고 내뱉는 마음의 소리도 같이 들린다…).

어쨌든, 산에서는 머리보다 몸이 먼저 반응한다. 보내는 신호들에 한껏 반응해 본다. 역시 자연은 정복의 대상이 아니라 스스로가 순응해야 하는 어울림의 대상이라는 것을 깨닫는다.

그럼 이제 오늘의 하이라이트, 밥. 밥. 밥.

10

퇴근과 마주하기

퇴근런 1   2020. 9. 15.

매번 주간 일기예보를 볼 때면 '이날 이날 뛸 수 있겠구나'를 먼저 생각하게 된다. 내일 비가 온다는 예보가 있으니 힘들어도 오늘은 꼭 뛰어야겠다고 맘먹는다. 그렇게 마음먹은 후 몇 초가 지나지 않아, 기상예측은 밥 먹듯이 틀리니 내일 비가 안 올 수도 있다며 '오늘은 쉬어도 돼~' 하는 내 마음속 악마의 속삭임도 들린다.

하지만 결국 내가 이겼다. 뛸 수 있는 상황이라면 일단 뛰고 봐야 한다. 오늘도 내 다리가 뛰어 줄 수 있어 감사했다.

퇴근런 2   2020. 9. 16

이젠 놀랄 일도 아니다. 기상청의 날씨 예보와 다르게 비는 쏟아지

136

지 않았다. 하루 더 뛸 수 있는 선물을 받은 것 같다.

오늘도 덤으로 얻은 달리기를 한다. 첫 스타트를 끊는데 뒤 허벅지에서 불길한 신호가 온다. 부상이면 안 되는데 이미 복장을 갖추고 나온 마당에 다시 들어가는 건 싫고, 코스를 가까운 체육공원으로 틀어 푹신한 트랙에서 통증이 없을 정도의 페이스로 목표한 거리를 달린다.

오늘도 뛸 수 있어 행복했지만 더 오래도록 뛰기 위해 며칠간은 휴식기를 가지도록 해야겠다. 뛰지 못하는 건 정말 슬픈 일이다. 달리기의 최대 적은 나의 의지가 아니라 부상이다.

퇴근런 3 2020. 10. 16.

진정한 고수는 빨리 달리는 사람이 아니라 부상 없이 꾸준히 달리는 사람이라고 한다. 이왕 달리기가 루틴이 된 이상 나도 초고수가 되어 보기로 결심한다.

그렇게 오늘도 달린다.

퇴근런 4　2020. 11. 2.

'읽는 게 남는 거다.' 책은 어떻게든 내 기억 속에 자리를 잡으며 언젠가 반드시 도움을 준다. 그 언제는 당장 오지 않는다 해도 읽는 순간만은 뇌가 호강한다. 그렇다면 먹는 것은?

'먹는 게 남는 거다(몸에).'

그래서 남길래?

그렇다면 뛰는 것은?

'뛰는 건 안 남는 거다(몸에).'

안 남을 뿐, 왜 더 빠지진 않는가? 그게 다 이놈의 밀가루 탓이다. 백세희 작가의 『죽고 싶지만 떡볶이는 먹고 싶어』는 베스트셀러가 되었고 내가 부엌에 써 붙여 놓은 '죽고 싶진 않지만 라면, 떡볶이, 군만두 좀'이라는 메모는 나를 와이프의 블랙리스트로 만들었다고 한다.

퇴근런 5　2020. 11. 9.

허리가 삐끗해 운동을 며칠 쉬었다가 서서히 몸이 움직이자 참지 못하고 퇴근런을 시도한다. 몸 상태가 좋지 않아 페이스를 줄이게 되고 페이스를 줄이게 되면 꼭 그것에 반비례하여 머릿속에 생각들은 더 많이 돌게 된다. "어떻게 하면 더 빨리 달릴 수 있을까?"가 아닌 "어떻게 하면 내일도 달릴 수 있을까?", "어떻게 하면 모레도 달릴 수 있을까?" 하는 생각.

하루를 빨리 뛰고, 며칠을 쉬느니 좀 더 느리더라도 매일 뛰고 싶은 그런 마음이 생긴다. 런린이에서 러너로 변해가는 것인지, 단지 미쳐가고 있는 것인지 나도 잘 모르겠다.

퇴근런 6 2020. 12. 14.

개떡같이 말해도 찰떡같이 알아들으면 좋으련만 대부분의 경우 개똥같이 말하면 찰똥 같은 욕을 얻어듣는다. 이것도 말을 잘못했던 나의 문제이었기에 똥보다는 먹을 수라도 있는 떡같이 말하고, 떡보다는 기왕이면 떡볶이같이 말하고, 떡볶이보다는 라면같이 말하는 노력을 좀 더 해야겠다.

말 한마디로 천 냥 빚을 갚을 능력은 안 되는 것 같으니 아닥하고 달리는 게 덜 까지는 일, 낼부터 더 잘하겠습니다!

이런 날은 칼같이 퇴근해서 닥치고 달리기다.

퇴근런 7 2020. 12. 17.

〰️〰️〰️

10km를 뛴다고 하면 6~7km 정도에서 맘이 약해지고, 20km를 뛴다고 하면 14km 정도에서 맘이 약해진다. 퇴근런을 하면 우리 집이 보일 때쯤 맘이 약해진다.

매일 울트라 마라톤을 뛴다고 생각하자. 그렇다면 10km 정도야 껌이 아니겠는가? 또 그건 아니다. 미리는 진짜와 가짜를 정확히 가려내는 능력이 있다.

그렇게 맘이 약해지는 구간을 '어떻게 극복해 볼까?' 하는 문제에는 꾸준히 뛰는 것이 답임을 알게 된다. 퇴근런은 매일 나의 한계를 극복시키는 좋은 도전의 장인 것이다.

짜릿한 극복 뒤에 올 시원한 성취감 한 잔을 기다릴 뿐.

퇴근런 8 2020. 12. 7.

〰️〰️〰️

오늘의 일과가 나를 힘들게 하더라도 달리고 나면 모두 털어질 거라는 확신이 있다. 그렇게 달리고 나면 무언가의 소진과 동시에 무언가는 반대급부로 충전이 되는 묘한 마법을 경험한다. 그렇게 달리기는 나의 삶을 견뎌내는 삶에서 살아내게 하는 삶으로 바꾸어 주었다.

'심'들의 세계 2020. 2. 19.

갑자기 쏟아져 내린 눈으로 등·하원 걱정에 차가워져 버린 아빠의 마음, 동심(冬心). 집에서 편하게 책을 보자고 꼬셔도 쌓인 눈을 창밖으로 보면서 우와~ 감탄하자고 유도해도 눈을 만지러 나가고 싶은 아기의 마음, 동심(童心). 엄마가 없다고 곧 울음이 폭발할까 아빠의 마음이 변하는 동심(動心). 최선을 다해 시간을 보내는 거 같은데 엄마는 왜 이렇게 더디 오는지 엄마를 기다리는 같은 마음, 동심(同心).

그리고 기타심들의 세계. 열심, 조심, 전심으로 놀고 허기지심, 배고프심, 밥 잘 드심. 남편에겐 관심 없고 아들에게만 관심 있는 엄마의 대한 아빠의 질투심. 하지만 그래서 잠시라도 편하니 좋은 아빠의 본심, 진심. 이제 이사 온 지 고작 1년 되었으면서 다시 새집을 계약하고 온갖 근심, 잃었던 초심. 그래도 이사 가야지 하는 마음 허영심, 욕심. 연말정산 어마어마하게 환급되었다고 치킨 쏘심. 세금을 많이 낸 게 핵심, 다 믹은 배를 보고 후회믹심.

잠 안 자는 아들은 열심으로 재잘거리심, 사고 치심. 엄마아빠는 피곤하심, 아들이 안자면 엄마아빠 낙심. 드디어 아들의 주무심, 야식 라면은 농심. 새벽에 안 깨심, 아들의 효심, 밤이 평안하심.

이리힌 심들의 세계에 살이기니 마음의 병이 안 걸릴 수가 없으심. 어쨌든 자식이 중심.

육아일기 1   2020. 11. 8.

평일엔 눈 뜨면 아빠가 없어졌다고 대성통곡한다는데 주말에 함께 있으면 잘 놀다가도 갑자기 왜 자꾸 어린이집을 간다는 건가? 재미없다고 시위라도 하는 거냐….

3옥타브 '미' 음정으로 동화책 읽기 개미지옥에 입성했더니 목이 다 쉬어서 쇳소리가 나는 것 같고(미세먼지 때문인가) 몸으로 댄스댄스 레볼루션(일명 생쇼)에 열중했더니 허리가 삐끗해 주말 러닝도 다 날아간다.

육아도 체질이란 게 있는 것인가? 'Just Do It'이란 육아를 두고 만들어진 말이 아닐까? 아… 30분만 내 시간을 좀 가지고 싶다. 엄마하고

142

좀 놀면 좋겠는데 나의 멘탈은 낭떠러지에서 달랑달랑거리고 있다.

말은 못하고 속으로만 구시렁거리다 결국 이 개미지옥을 탈출할 히든카드를 사용한다.

"나 음식물 쓰레기 버리고 분리수거 좀 하고 올게~"

하고 혼자 집 밖으로 나가 아파트 단지 한 바퀴를 쓩~ 걷고 들어가기!

내 기분 탓인가 놀이터에 있는 아빠들의 표정들이 다 비스꾸리하게 느껴진다. 마스크가 투명도 아닌데 어금니를 꽉 깨물고 말하는 그 특유의 발음에 아빠들의 표정들도 고스란히 그려진다(유독 일요일 놀이터엔 엄마가 아닌 아빠들이 많다. 오늘 저녁 다시 배턴터치가 이뤄지는 거겠지…).

"이제 좀 가자… 아빠 낼 출근해야 돼. 가면 엄마가 뽀로로(아버님들 어금니 힘 빼세요… 영화『아저씨』원빈인 줄)…."

나도 이 표정이었겠지. 스스로는 웃고 있다 착각하면서 입꼬리는 올렸는데 눈은 거짓말을 못 하는 그런 표정. 세상에 이렇게 장기간에 걸쳐 어렵고도 극도의 인내심이 필요한 프로젝트를 수행해 본 일이 있었던가? 프로젝트 1호 뿐인데도 이렇게 힘들다니ㅜ.ㅜ 성장할 내일과 아쉬운 오늘의 사이에서 후회 없이 다 쏟아낸 하루였다.

존경합니다. 이 세상 모든 부모님!

반응이 힘 2019. 8. 28.

반응이 힘을 주었다.

유아기 시절 작은 나의 행동도 놓치지 않았던 엄마의 반응이, 학창 시절 하교 후면 항상 나를 반겨 주시던 할머니의 반응이, 취준생 시절 오랜만에 고향 집을 가면 날뛰던 강아지 재롱이의 반응이, 신혼 시절 퇴근 후 집에 가면 나를 반기던 와이프의 반응이, 그리고 지금 매일 나를 반겨주는 아들의 반응이.

나에 대해 반응해 주고 인정해 주는 누군가를 찾으려 하고 집착하는 것은 인간의 본능일까?

분명 반응에는 힘이 있다. 나의 반응에 따라 아들의 행동도 바뀐다. 아들의 행동을 보면서 역으로 나의 반응들을 반성하게 된다. 스트레스에 대한 나의 반응, 짜증에 대한 나의 반응, 계절의 변화에 대한 나의 반응, 음식에 대한 나의 반응, 내 몸이 보내는 신호에 대한 나의 반응.

나는 과연 잘 반응하고 있는가?

바람이 분다 2020. 1. 12.

모처럼 여유로운 주말 아침 「핑크퐁」을 벗어나 서로 자기가 원하는

음악을 들으려고 신경전을 벌인다. 잠깐의 신경전 끝에 전격 합의된 첫 곡은 이소라의 「바람이 분다」.

들을 때마다 눈물샘을 자극했던 베스트 감성곡이었는데 소음을 유발하는 아들이 있어서인지 이젠 이 노래도 다르게 와닿는다. 세상은 어제와 같고 시간은 흐르고 있지만 이젠 나만 혼자가 아니라 너도 나도 이 아이도 이렇게 달라져 있지 않는가? 결혼하면 퇴근 후, 손잡고 함께 수요예배를 가자는 로망은 사라졌지만 우리가 매일 자기 전 함께 가정 예배를 드리지 않는가?

실상은 엄마아빠가 번갈아 가며 대표 기도를 할 때면 기도 내용은 온통 아들로 도배, 함께 찬양하면 아들만 필 댄스 충만, 아들 잠은 다 달아나고, 아들을 제압하려는 엄마아빠의 목소리는 점점 커져만 가고, 예배를 시작만 하고 끝은 낼 수는 없는 매일 반복되는 사이비 부흥회 같은 시간, '아… 안 되나 보다…' 이 시기는 어쩔 수 없는 신앙의 암흑기이구나 하면서도 시간에 따라 조금씩 변하는 아들을 보며 다시 힘을 내어 본다.

하루의 끝, 매일 밤 함께 어린이 주기도송을 부르며 아들의 율동을 볼 수 있어 행복하다. 부쩍 커버린 아들을 보며 더디게 컸으면 좋겠다는 생각을 하기도 하지만 빨리 커도 좋을 거 같다. 아빠가 준비한 라인업들을 함께할 수 있으니 말이다.

바람에 흩어져 버린 허무한 그 당시 소원들은 애타게 사라져갔지만 아빠의 다른 소원은 그렇게 커져만 간다. 오늘 밤 엄마아빠의 기도 제목도 역시 네가 잠 좀!! 잘 자는 거!! 제발 이젠 통잠 잘 때도 되지 않았니?

육아일기 2 2020. 10. 2.

설날과 더불어 1년에 얼마 안 되는 아들하고 오랜 시간 딱 붙어있을 수 있는 시간이 찾아왔다. 이것도 반드시 페이스 조절이 필요할 텐데 첫날 육아 오버페이스로 인하여 이튿날부터 바로 심신이 지쳐버렸다 (한 것이 뭐 있다고).

아들이 낮잠 잘 시간에 얼른 뛰고 와야지 했으나 이 자식은 얼마나 시간을 효율적으로 쓰는지 엄마, 아빠에게 온종일 딱 붙어서 놀고 삐대다 차 안에서 놀아 주지 못할 때 얼른 쪽잠을 자버린다.

아침잠에서 깨기 전, 이른 새벽에 얼른 나가 뛰고 오는 것으로 계획을 변경하여 새벽 5시 살금살금 집을 나선다. 30분이 지났나? 핸드폰이 갑자기 울린다.

"오빠~ 준이 일어나서 지금 울고불고 난리 났어. 아빠 빨리 오래!"

아빠 며칠 동안 회사 안 간다고 해서 좋아했는데 눈뜨니 아빠가 없다고 울고 있다는 아들, 이른 새벽 겨우 확보한 나만의 시간마저 허락하지 않는 이놈의 자식을 미워해야 하는 건지. 급하게 부스터를 장착하고 전력으로 질주한다.

와~ 대회 때도 이런 페이스로는 뛴 적이 없는데 3km를 넘게 3분대 페이스로 내가 뛰고 있다! 아들의 울음소리를 녹음해 대회 때 듣는다면 대단한 기록 나올 듯!

근데 이놈의 자식은 막상 집에 가면 왜 다시 츤데레가 되는 건지⋯ 육아에도 페이스 조절이 필요한가요?

런뽕빨　2020. 10. 4.

며칠 빡시게 좀 놀아줬다고

"나느은~ 아빠가 쩨~일 쪼아~"

라고 말하는 아들의 이 한마디를 얼른 촬영한다.

"봤냐? 나 애썼지? 후~ 나 낼 좀 뛰어야 할 거 같애."

뭐, 이것과 상관없이 난 뛰었을 테지만 그렇게 어깨에 큰 뽕을 장착하고 거만한 걸음으로 미리 운동복을 챙겨두었다(생색내는 것엔 최고봉).

사실 아이는 순수하기도 하지만 때론 너무도 영악하다는 것을 알고 있다. 매번 아이의 말에 숨은 저의를 파악하려는 때 묻은 아빠이고 싶진 않지만 아이의 그 말이 진짜였으면 좋겠다고 하면서도 그 말이 진심은 아니라는 걸 양심은 잘 알고 있나 보다. '사탕, 까까, 젤리'의 위력이었음을 잘 알고 있으니 말이다.

미리 챙겨 놓은 옷을 입고 나온다. 아이와 함께 혀 짧은 소리를 내면 나도 같이 순수해지는 것 같다는 어리석은 착각에서 빠져나와 진짜 내 자신이 순수해지는 시간을 보낸다. 그런 후 다시 아들을 보면 왜 이리 더 사랑스럽게 보이는지….

이것이 바로 런뽕, 뽕런빨!

육아일기 3 2020. 10. 27.

육아를 경험한 사람이라면 느끼는 보편적인 감정이 이런 걸까?

빨리 컸으면 좋겠다가, 천천히 컸으면 좋겠다가

미안했다가, 화가 났다가

예뻤다가, 미웠다가

보고 싶어 미치겠다가, 좀 안 보고 싶다가

행복해 웃음을 지었다가, 미친 듯이 눈물이 쏟아지다가

놀면 좀 잤으면 싶었다가, 자면 건들고 싶었다가

마음이 한없이 약해졌다가, 돌덩이처럼 단단해졌다가

내 감정의 폭이 이렇게 또라이처럼 다이나믹해도 되나?

가끔 지금 나의 정신이 정상은 맞나 싶을 때가 있다.

결론은

키우는 지금도 행복해야 하고

달리는 지금도 행복해야 하고

무엇이 되었든

돌아오지 않는 이 순간 마음껏 행복해야 한다.

라는 걸 다들 몰라서 못 하겠냐?

미숙한 아빠　2019. 12. 15.

　고집과 주관이 생기는 19개월 아들과 부딪치며 나의 화를 참지 못하는 순간들이 잦아든다.

　하지 말아야 하는 나쁜 행동을 계속 떼를 쓰며 하겠다고 징징거릴 때 버릇을 잡겠다고 버럭! 어떤 것을 원하는지 나는 알아들을 수 없는데 숨이 넘어가도록 울기만 하며 징징거릴 때, 어떠한 방법을 동원해도 달래지지 않자 나의 인내심 부족으로 참지 못해 또 버럭!

　단순히 아이를 좋아하는 것과 직접 아이를 양육하는 것은 다른 차원의 일인 것 같다. 후회해도 이미 늦은 '버럭'의 기억들을 반성하며 조금이라도 만회해 보고자 가족여행을 통해 밀착하여 붙어 있는 시간을 가져 본다.

온종일 붙어있어 보며 그동안 몰랐던 아들의 모습들과 이 아이만의 의사소통 방법들을 이해하게 되면서 미안한 마음은 더욱 커지게 된다. 엄마보다 아빠를 먼저 찾고 아빠한테 계속 안기겠다고 손을 뻗을 땐 한껏 육아 자신감이 업 되어 어깨에 큰 뽕까지 장착하게 된다.

아빠에 대한 인식들이 고착되기 전 더 많은 추억들을 함께하고 싶다. 더 많은 시간을 함께하지 못해 언젠가 후회하는 일이 없도록.

사랑이 있는 육아의 고생에는 무엇으로도 살 수 없는 그 무언가가 있다고 했다. 이제야 그것이 뭔지 알 것 같음.

모두의 행복이란   2020. 9. 27.

주말에 나름대로는 최선을 다했다. 나는 털털 털렸다고 하지만
"아빠 나 너무 행복했어~"
이 한마디에 "그래 네가 행복했다면 됐어"라고 매번 위로해 본다.

그러다 '아니, 이게 위로를 할 일인가? 이것보다 더 큰 일이 어디 있단 말인가?' 하며 스스로 격려를 한다.

그러다 부모의 희생과 자식의 행복을 바꾸는 이 시기를 지나 부모의 행복과 자식의 행복이 별개였으면 좋겠다는 이기적인 생각과 그 시기란 게 있기는 하는 걸까 하는 궁금증을 가져 본다.

너도 나도 같이 행복하면 좋겠지만 내 불행이 너의 행복에는 영향

을 끼치지 않았으면 하는 그런 마음. 반대로 너의 불행과 상관없이 내가 행복하다면 나는 이상한 아빠이겠지.

무슨 소리인지 모르겠다. 그냥 이번 주말 최선을 다했다고. 내일은 꼭 나만의 시간을 가지겠노라고.

너의 빈자리　2020. 9. 8.
〰〰〰〰〰〰

오늘처럼 우중충한 날씨이거나 회사에서도 기분이 언짢은 날이면 퇴근 후 집 문을 열었을 때 활짝 웃으며 달려오는 아들과 와이프의 모습에 그것들을 얼른 잊고 아빠의 페르소나로 돌아올 수 있었다.

처가에 잠시 가 있는 와이프에게 그런 날 집에 아무도 없다고 투덜투덜했다. 그랬더니 아무 대꾸 없이 아들 사진만 왕창 보낸다. 아빠를 따라 하겠다고 집 앞을 달리고, 외할머니 교회에 가서 드럼과 피아노를 치는 사진들….

아무렇지도 않게 아빠가 내뱉은 말들과 행동들을 그대로 따라 한다는 아들에 관한 첩보는 나를 뜨끔하게 만들기도 한다.

좀 덜 투덜거리며 에너지 넘치고 재미있는 아빠가 되기로 다짐한다. 육아가 없는 시간, 육아에 대해 더욱 고민하게 된다.

12
음악과 마주하기

음악 속 추억 2017. 8. 4.

휴가를 보내러 가는 차 안에서 기분을 좀 내보려고 미리 음악 폴더 정리를 했다. 요즘엔 무슨 음악이 뜨나 열심히 찾아보는데 도통 생소하기만 하다. CCM은 어떤 음악들이 나왔는지, 최신 인기 가요는 무엇인지 순위별로 쭉 들어보아도 큰 감흥이 생기지 않는다. 세대 차이를 새삼 체감한다.

어찌어찌 노래를 다운 받아 여행지로 출발을 한다. 운전을 시작하고는 USB의 음악들을 재생시킨다. 계속 다음 곡으로 넘기고넘기고 x20를 반복하다가 어느 순간! 김건모의 「잘못된 만남」이 나온다. 차 안은 순간 때아닌 나이트로 변하였고 UP의 「뿌요뿌요」, 쿨의 「해변의 여인」, HOT, SES, 핑클로 이어지는 가요 메들리를 목 터지게 따라 부르다 목은 금방 만신창이가 되어 버린다. 와이프는 놓치기 싫은 쇼를 보는 듯 동영상 촬영을 시작했다.

휴가지에 도착해서도 씻자마자 준비해 온 스피커를 제일 먼저 꺼내어 브로콜리 너마저의 명곡들을 쭈욱 틀어놓는다. 그리고 우리들은 한동안 대화 없이 멍하니 창문으로 보이는 바다만 바라보았다. 그 순간이 너무 좋아서 나도 모르게 눈물을 흘렸다.

누구에게나 그때, 그 순간으로 빠져들게 하는 노래들이 존재한다. 그런 노래들을 들을 때면 그 당시의 나의 추억들이 선명하게 떠오른다. 그 순간의 장소, 감정, 온도 심지어는 향기마저도 선명하다. 노래의 가사는 전부 나의 이야기로 변한다.

그런데 언제부터인가 그런 순간들을 기억할 노래들이 생기질 않았다. 내 스타일에 딱 맞는 노래를 찾는 노력이 없었던 건지, 노래로 혼란스러웠던 자아를 채울 시기가 지난 건지, 아니면 이제는 더 긴급하게 산적한 일들로 인해 노래를 묻어두고 사는 건지, 어쩌면 먹고사는 문제로 인해 가장 가까운 부부간에도 대화가 부족한 판국에 "네가 지금 이렇게 음악을 들을 여유가 있는 거냐?"라며 속삭이는 것도 같다.

음악에만 빠져 있던 그 순간이 몹시 그리웠다. 기타를 튕기며, 드럼을 치며, 귀에 이어폰을 꽂으며…. 우리는 어쩌다가 이렇게 바쁘게 살게 되었을까? 아담이 순간 무척이나 원망스러웠다.

우리는 무엇을 할 때 가장 행복했었는지에 대해 서로 한창 이야기를 나눴다. 뭔가 잡힐 듯했다. 그리고 서로에게 그 마음을 써 내려 갔다. 예전의 그런 날들처럼 오늘의 이 노래가 다시 기억되면 좋겠다. 그 노래에 이 날씨, 이 장소, 너희 향기, 나의 이 감정도 그대로 담기어졌으면 좋겠다.

돈이 생긴다면 집에 있는 스피커를 꼭 업그레이드할 것이며 다음에

차를 바꾸게 되는 날이 온다면 우퍼스피커는 기본 장착하겠다는 의지도 내비쳤다.

절대감 2020. 9. 10.

오늘은 10km를 뛰는 동안 시계를 쳐다보며 페이스를 확인하는 행위를 하지 않고, 음악도 듣지 않은 채로 뛰기를 도전해 보았다. 1년 정도 러닝 했으면 절대음감처럼 절대 페이스감이란 게 있겠지 하며 평소 느낌대로 뛰었지만 결과를 보니 전혀 생각과 다른 나는 페이스치였다.

그렇지 않다면 지금껏 음악뽕빨로 뛰어왔다는 것일까? 생각해 보니 철인대회를 제외하고는 항상 이어폰과 함께했던 것 같다.

오늘은 음악 대신 광주천의 흐르는 물소리에 귀를 더 기울일 수 있었고 양동시장의 하수구 냄새에 코가 더 민감하게 반응했으며 몸에 느껴지는 바람은 유독 더 시원했다. 더 많이 느꼈으니 도전은 성공적이라고 말할 수 있었다. 자연의 소리가 최고의 음악이 된 날이다.

절대 페이스감이 있고 없고는 중요하지 않았다. 음악을 듣고 뛰었을 때는 그 비트에 맞춰 몸이 움직이지만, 절대 페이스감이 없는 상황에 음악 없이 뛰자 나를 구속하는 무언가에서 해방되는 느낌이었다.

종종 음악 없이 이렇게 뛰어 보는 것도 나쁘지 않을 것 같다. 나의 내면의 소리에 더욱 집중할 수 있을 것 같다.

음악이 가진 힘 2020. 11. 5.

음악이 가진 힘이라 한다면 현재 나의 감정을 리드(Read, Lead)한다는 것. 현재 나의 감정을 대변해 준다는 것. 그리고 그 시절의 추억과 감정을 소환한다는 것.

특히 이 세 번째의 힘은 시간이 갈수록 더 위력을 발휘하게 된다. 나이를 먹어갈수록 옛 노래와 추억들이 더 쌓이는 까닭이다. 누군가에겐 유치한 가사와 빈약한 사운드 곡들일지라도 다른 누군가에겐 명곡들이 될 수 있는 이유도 음악이 추억 속 그 순간으로 데려가 줄 열쇠가 되어주기 때문이다.

거~ 누구나 그런 곡들 하나 가슴 속에 있는 거 아닌가?

그때로 돌아간다면 나는 더 일찍 달리기를 시작했을까?

라이딩과 음악 선곡 2020. 9. 15.

모처럼 찾아온 자유 시간, 로드바이크를 탈까 MTB를 탈까 고민이 시작된다. 오랜만의 라이딩이라 그린지 음악 선곡에도 다소 신경이 쓰인다.

그날의 선곡과 날씨는 감정의 변화에 많은 영향을 미친다. 비교적 짧은 시간이 필요한 러닝을 할 때에는 몇 초라도 낭비 없이 그 시간을 만끽하기 위해 미리 엄선된 플레이리스트가 필요했다. 장거리를 달릴 때면 사점을 대비해 김흥국의 「호랑나비」 강북 스타일 버전을 비롯한 히든트랙들을 준비해 놓고 로드바이크를 타는 날에는 어김없이 EDM 플레이리스트를 꺼내 든다.

이럴 땐 이거지, 여기엔 이거지 하는 나만의 공식, 아니 나만의 그런 편견들이 있다. 하지만 MTB는 어떤 선곡도 다 받아들이는 만능 치트 키 같은 그런 매력이 있다. 그래서 오늘의 최종 결정은 MTB와 음악 랜덤 플레이의 콜라보~ 팬텀싱어인들 어떠하리, 존 메이어인들, 핑크퐁인들, CCM인들 어떠하리~

장르가 바뀔 때마다 내 감정의 스펙트럼은 넓어져 가고 가사가 없는 연주곡을 들을 때면 그 곡에 나만의 가사를 스스로 얹으며 감정의 폭뿐 아니라 깊이도 깊어져 갔다. 불어오는 시원한 바람이나 맑은 하늘, 주위의 자연풍경, 거기에 딱 맞는 음악까지 이 3박자가 갖춰지면 정말 하늘 위를 날아가는 것 같은 기분이 들었다.

이쯤 되면 나의 페달링을 통해 얼마나 손실 없이 효율적으로 동력이 전달되는가 따위는 관심조차 없어진다. 마치 반비례함수처럼 몸의 부하율이 높아지면 아무 생각조차 들지 않지만 반대로 몸이 편할 때는 오만 잡생각이 들었다. 우리 몸에 적당한 부하와 스트레스가 필요한 이유도 바로 이 때문인 듯.

함께 라이딩을 가기로 한 친구가 약속을 펑크 내지 않았더라면 허벅지가 터지도록 땅만 쳐다보며 쫓아가기에만 정신이 팔렸을 텐데, 약속을 펑크 내준 친구도 이제야 생각해 보니 고맙다.

나는야 챔피언   2020.12.10.

유독 뛰기 싫은 그런 날이 있다. 그런 날은 음악의 힘을 빌리기 위해 좀 더 전략적으로 플리 선곡을 할 필요가 있다.

강한 비트로부터 에너지를 받기 위해 첫 오프닝 곡은 「I was born to love you」로 픽스! 이어서 두 발의 적극적인 둠칫 두둠칫을 위해 적정 비트의 플리를 열심히 배치시켜 본다.

"쭉~쭉쭉쭉, 쭉~쭉쭉쭉 음악 들어간다~"

1시간을 뛴다면 그에 6~7할 정도가 가장 뛰기 힘든 마하의 구간이 되기에 그 시간 즉, 약 40여 분 후의 플레이리스트가 멈출 부분을 얼추 계산한 뒤 「We are the champion」을 깔아 놓는 게 포인트! '나는 챔피언'이라고 주문을 걸면 소리 지르는 내가 챔피언이 되는 것이다. 그렇게 오늘도 기어이 완주를 해낸다.

"앗싸~ 내가, 내가 챔피언이야~!!"

스스로 자아도취~ 하며 오늘의 쇼도 그렇게 마무리되었다. 음악의

힘이다.

Show must go on!

텍스트의 한계 2020. 10. 24.

〜〜〜〜〜〜〜〜〜〜

텍스트는 특성 자체가 촘촘하고 구체적이다. 그렇기 때문에 무언가를 제한시켜버리기도 한다. 그럴 때가 있다. 어떤 주제에 대해서 누군가가 쓴 글을 읽는 데 특정 단어를 사용했기 때문에, 혹은 특유의 문체 때문에 공감력이 훨씬 떨어지거나 의미가 한정되어버려 아쉬웠던 때. 그래서 글로 무언가의 의미를 정확하게 전달하는 건 매우 어려운 일인 것 같다.

개인적으로 김동률의 음악을 참으로 좋아한다. 감히 내가 그의 음악을 평가할 순 없지만 인간문화재 김동률의 음악이 좋은 이유는 목소리도 목소리지만 좋아하는 곡들의 구성 때문이다. 인트로에서 하이라이트가 지나가기도 전에 이미 주제 가사와 선율에 풍덩 빠져 녹다운이 된 상황. 그런데 그 절정을 지나 아웃트로를 향해 갈 때 가사는 사라지고 풀 오케스트라가 길게 휘몰아치더니 서서히 페이드아웃되며 마무리를 취하는 경우가 많다.

그 가사 공백이란, 듣는 이가 개입할 공간을 허락해 주고 텍스트에 묶이지 않는 채, 감동을 확장시킨다. 그 공간에 자기만의 가사를 채워

가며 각자 곡을 완성한다. 스트링 오케스트라가 유독 부각되는 이유도 거기에 있는 것 같다. 그는 텍스트의 한계를 분명 알고 있는 것 같다(역으로 말하면 작사의 어려움).

텍스트가 주는 한계를 일상에서도 자주 접한다. 그래서 우리는 정작 중요한 순간에 말을 아낀다. 진짜 위로를 해야 할 땐, 입을 떼기보단 손을 내민다.

어찌 되었든 음악이 텍스트에 제한을 받지 않는다는 사실은, 우리가 마음이 답답할 때 음악을 찾는 이유이기도 하다.

13
가족과 마주하기

가슴속 품은 시간   2017. 8. 16.

    양가 부모님들을 모시고 담양에 '명옥헌'이라는 정원을 방문했다. 담양에 오래 살았다면서 이렇게 예쁜 정원이 있는 줄은 몰랐다. 배롱나무 꽃이 흐드러지게 폈다. 지금 시기가 가장 만개일 때라고 한다.

    우리 선인들은 멋도 낭만도 참 특별하였던 것 같다. 꽃이 피는 소리, 계절이 옮겨가는 소리까지 자연의 모습을 그대로 즐기고 결국은 그대로 동화되고, 노래하고, 귀 기울이고 하나하나 놓치기 싫었나 보다.

    나는 이 순간을 놓치기 싫어 한 사람씩 독사진을 찍어 드리겠다고 땀을 뻘뻘 흘리며 연신 카메라 셔터를 눌러댔다. 티셔츠가 흥건히 젖은 모습을 보며 조용히 문경 어머님이 오시더니, "사위! 그래도 사진에 담긴 순간보다 오히려 이 가슴에 품은 순간이 시시때때 시간의 색깔을 입고 찾아올 거야!" 하고 손을 꼭 잡아 주신다.

    출근길에 사진 속 환하게 웃는 가족사진을 다시 꺼내 본다. 사진 속 이 순간들은 시간이 지나면서 어떤 색으로 입혀져 나를 찾아오게 될까 생각해 본다.

처가에서의 우중런   2020. 11. 22.

우중런의 전말은 이러하다.

새벽 4:30 화장실 문 앞에서 아버님을 만나다.

- 💬 섭아~ 아침 운동 갈라고?
- 💬 아뇨. 저 화장실 가는데요….
- 💬 나 새벽예배 갈 때 같이 나가자. 뛰어야지~
- 💬 아…지금 비 오는 것 같던데요….
- 💬 비 올 때 뛰면 운치 있다고 그때 그러지 않았나?
- 💬 요즘 날씨에는 감기 걸려요….
- 💬 감기는 지금 이미 걸리지 않았나?
- 💬 아…… (누가 보면 아버님 러너이신 줄…)

전직 교장 선생님과의 대화란 항상 겉은 수평적으로 보이지만 결론을 보면 수직적이다(헐… 회사인 줄. 전직 교장 선생님과 또 다른 전직 선생님과 선생님을 준비하는 예비 선생님 처형과 선생님이 아닌데 더 선생님인 척하는 선무당 아드님이 섞인 처가에서 내 컨셉은 정말 어렵다. 와이프가 판사 컨셉을 한다고 하니 내 포지셔닝은… 음… "말없이 뛰는 러너로 할게"라고 선포해 놓고 말을 제일 많이 하는 투머치 토커).

그렇게 아버님은 혼자 떠나셨고 나의 잠도 같이 떠났다. 새벽 우중런은 그렇게 시작되었고, 끝은 언제 그랬냐는 듯 상쾌했다. 역시 아버님이 옳았다. 오늘 어머님의 아침상도 옳았으면 좋겠다.

비효율의 명절 2020. 1. 29.

귀찮아하는 아들에게 괜히 "이것 해봐~ 저것 해봐~" 시키며 애교 필살기 강요하기. 이미 나온 배도, 다이어트 계획도 잊고 국이 너무 맛있다고 "더 주세요~" 하고 두 번, 세 번, 네 번까지 배가 터지도록 먹기. 다음 날 피곤해 하루 종일 예민해지더라도 자정이 될 때까지 평소에 하시고 싶으셨던 이야기와 100번은 더 들은 것 같은 부모님의 과거 리즈시절 이야기 공감해드리기. 냉장고에 들어갈 자리도 없고, 거의 버리게 될 확률도 높지만 싸주신 음식 거절하지 않고 감사하다고 일단 싸오기.

효율이 좋은 것에 끌리는 우리 삶에 이런 명절의 모습을 대입시켜 보자면 비효율적인 것이 참 많이 보인다. 하지만 아기를 키우며, 부모가 되며 느낀 것은 진정으로 가치가 있는 것의 대부분은 효율이 나쁜 행위를 통해서 얻게 된다는 것이었다. '사랑', '희생', '헌신'이란 것의 원 속성은 비효율이 아닐까? 부모님의 사랑을 또 그렇게 느끼고 간다.

어머님 편지의 중 '먼 훗날'이라는 단어에 괜히 서글퍼져 가기 전에 꼬옥 한번 안아드려야지 하면서도 괜히 아무것도 모르는 아들에게 강요해 "안아드려, 뽀뽀해드려." 지시만 한다. 아들들이 보통 그런 것 같다. 그래서 딸이 있어야 한다고 하지만 무뚝뚝한 와이프를 보면 딸도 딸 나름이지 않을까 생각해 본다.

함께한, 행복한 시간이었다.

소유냐 존재냐?　2017. 3. 20.

어머니는 대략 15년 전부터 10만 명 중 4명꼴로 발생한다는 다섯 번째 뇌신경 이상으로 의심되는 '삼차신경통'이란 질환을 앓고 계신다.

전국에 유명하다는 병원을 돌아다녀 봐도 명확한 발생기전이 나오지 않는다고 한다. 의심되는 부분을 치료하기 위해 머리를 찢고, 뇌를 열어 감압술을 해야 하지만 그것 또한 재발률이 높고, 뇌를 열면 더욱 심한 부작용들이 발생한다는 말에 민간치료법으로 방법을 돌려 몇 년간을 치료하셨지만 차도가 없으셨다.

애초부터 완치는 불가능하다고 알고 있었고 아버지와 나는 이미 그 분야에 반전문가가 되어 있을 정도로 많은 정보를 습득했지만, 100%

완치를 내세우며 광고했던 병원들의 과장 광고에 지푸라기라도 잡는 심정으로 시도를 하게 될 수밖에 없었고, 원하는 결과를 얻지 못할 때마다 치료기간, 치료비용, 가족들의 맘고생들이 떠올라 우리를 속인 것 같은 의사들에 대한 분노가 치밀었었다.

학창 시절 수업을 마치고 집으로 가면, 극심한 통증으로 바닥에 쓰러져 계시는 어머니를 마주했었고, 못 본 척 얼른 방으로 들어가 눈물을 흘리기만 했었다. 내가 할 수 있는 것들이 거의 없다는 사실에 괴로워했었다.

설상가상으로 그때는 할아버지, 할머니, 외할머니의 건강 문제와 아버지의 빚 문제로 인해 집안은 풍비박산이 난 상황이었다. 인터넷으로 삼차신경통에 관한 카페에 가입해 환자들의 글들을 읽는데 이것이 자살 질병으로 불릴 정도로 통증이 극심하다는 말을 듣고 나서는 '너무 힘들다'는 어머니의 말이 무서워지기도 했다.

그 당시는 그 상황을 인정하고 싶지도 않았고, 모든 것을 회피하고 싶었다. 고향 담양을 벗어나고 싶은 생각이 간절하기도 했고 빨리 취업을 해서 돈을 벌고 싶다는 생각만 앞섰다. 한 번의 장학금도 놓치지 않게 미친 듯이 공부를 했어야만 했고, 첫 직장을 그 당시 가장 많은 급여를 준다는 조선소에 취업을 했던 것도 나의 가정상황이 그렇게 하라고 밀쳐냈기 때문이었다.

결국 어머니는 얼굴의 신경을 태워버려 통증을 차단해버리는 시술을 하셨고 그 뒤로는 통증이 줄어드셨다고 한다. 대신에 그 부작용으로 안면 마비 증상을 얻으셨다. 하지만, 시간이 지나자 삼차신경통은

재발했고 다시 통증은 시작되었다. 항경련성 약, 간질 약으로 버티고는 계시지만 약의 부작용 증상이 나오기 시작하니 가족들의 고민은 더욱 커지기만 했다.

"긴 병 앞에는 효자도, 형제간의 우애도 없다"라는 말을 할아버지, 외할머니의 오랜 병상 생활을 통해 겪으면서 당시에는 무엇이 진짜 중요한 것인지를 알았다고 생각했었다.

어쩔 수 없이 인간은 '죽음'을 생각할 때 진정 '소중한 것'을 깨닫고 '아픔'을 겪을 때 진정 '행복'이 무엇인지를 깨닫는 존재인가 보다.

질병을 통해 결국 하나님을 바라보게 된다. 할 것 다 해보고, 신밖에는 기댈 곳이 없어서였다. 왜 질병을 주셨는지, 왜 우리 가족에게는 끊임없이 이런 일들이 찾아오는지, 평범하게 살게 해달라는 기도가 그렇게 과한 것인지 나중에 하나님을 만나게 되는 날, 그땐 왜 그러셨냐고, 물을 것들을 적어 놓기도 했었다.

하지만, 가족은 더욱 끈끈해지고, 강해지고 있음을 느꼈다. 인생에서 무엇이 중요한지도 더욱 확신하고 있다.

언제부턴가 아버님, 어머님으로부터 걸려오는 전화는 반가움보다는 두려움과 떨림이 컸었고, 고향 집을 가는 길과 그 안에서의 시간은 부담감, 불편함으로 반응되고 있었다. 어머니의 질병과 아버님의 소득단절은 나에게만 부담이라고 생각했었다. 두 분의 얼굴을 제대로 쳐다보지 못하고 와이프를 통해서만 안부를 여쭙곤 하던 시기도 있었다. 더욱 힘든 건 내가 아니라 부모님이셨을 것인데.

오래진 읽었던 에릭 프롬의 『소유냐, 존재냐』 책 내용이 요즘에서야 다시 머릿속에 떠올랐다. 존재를 위해 PAY 하는 인생, 가족과 함께하는 여행, 함께 걷는 길, 함께 만들어 가는 추억, 그것이 인생을 바꾸어 놓을 수 있고, 평생의 이야깃거리가 될 수 있다는 것.

일시적인 만족을 주는 소유의 삶을 벗어나 존재에 집중하며 살자는 그 말이 다시 우리 가족에게 힘을 주고 있다. 질병의 치료보다 평생을 가지고 가야 할 수도 있는 이 질병의 존재를 받아들이는 것.

그리고 가족의 존재 이유에 더욱 집중할 수 있도록.

그러면서 가족 모두 강한 용사로 거듭나도록.

쟁취 2020. 11. 13.

투쟁으로 얻은 쟁취에는 분명 뒤끝이 있었습니다. 그래서 보복 없는 쟁취를 하고 싶었습니다.

작은 선물로 미리 점수를 따고 와이프에겐 겨울 퇴근런 배낭을, 장모님께는 다도를 시작하고 최종 종착지가 된 보이차를 숙차로 선물 받았습니다. 장모님의 따님께서 자발적으로 배낭을 사주셨다는 것은 겨울에도 네 맘대로 러닝을 하라는 합법적 승인의 시그널이고, 장모님께서 보이차를 사주셨다는 건, 퇴근 후 육아 전쟁 중에도 너만의 시간만은 반드시 지키라는 집안 최고 어른의 지상명령이기 때문에 저

로서는 꼭! 지켜야 할 의무가 있습니다(저 혼자만의 생각이 아니었으면 좋겠습니다. 보복이 없는 쟁취였기를…).

　이 선물들은 암흑 같은 겨울을 살 뻔한 저에게 실로 어마어마한 희망이 된 것입니다. 저는 겨울에도 뛰고 싶었습니다. 눈물이 납니다.

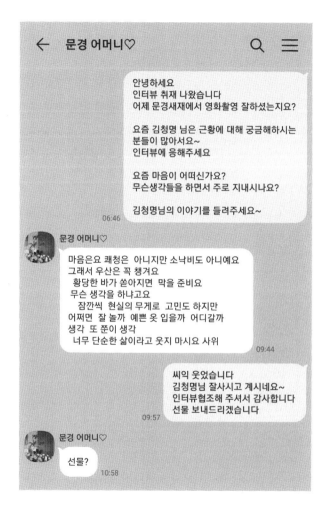

실은 이 원하는 것을 얻기 위해 저 공부를 좀 했었습니다. 역시 사람은 배워야 합니다. "작은 것을 건네고, 큰 것을 돌려받는다." 이걸 사자성어로 뭐라고 하죠?

소탐대… 이거 아닌데… 소… 소득공제?? 소… 소득분배?? 소… 소득확장?? 소… 소액성공?? 소… 소비대박?? 소… 소리질러?? 소… 소맥말아?? 소… 소화잘됨??

아… 좀 디 많이 배워야 할 것 같습니다.

아무튼 오늘 저녁 소화는 잘 될 거 같습니다.

소박한 꿈   2017. 6. 8.

대학 시절 아버지는 종종 "니들만 아니면 내일이라도 당장 회사를 그만두고 싶다"라는 말씀을 하셨다. '아, 사람 상대하는 것이 많이 힘들구나…' 싶었다.

그런데 요즘은 막상 회사를 나오시니까 "그래도 다닐 회사가 있는 것이 참 행복한 일이다"라고 하신다. 회사가 전쟁터였다면, 밖은 지옥이라는 말도 이제야 실감을 하신단다. 주위에서 요즘 뭐 하고 지내냐는 안부 인사에 본인 스스로가 짜증이 너무 난다고, 요즘 젊은 사람들이 왜 별것도 아닌 어른들의 물음에 예민하게 반응하는지를 알 것 같다면서 말수를 많이 줄이고 있다고 하신다.

최근 나는 어쩔 수 없는 상황으로 인해 회사에 일주일간 휴가를 내었다. 일주일간 회사를 안 나간다 하면 놀라시겠지만 담양 시골집에 나를 기다리고 있는 일거리가 태산이었기에 첫날은 고민 없이 담양 행을 택했다.

아버지가 퇴직하신 후, 생활비를 버시기 위해 자동차보험을 판매하신다고 하는데, 30년 가까이 은행에서만 가만히 앉아 일하셨던 분이 영업을 하신다는 게 성격에도, 체질에도 잘 맞지 않으셨나 보다. 최근에는 보험만으로는 안 되겠다며 농사도 지어 보시겠다고 밭에 두릅을 심어 놓으셨다는데 아버지가 일주일에 3~4번은 밭에 가신다는 어머니의 말에 나도 일을 도와 드리러 출동했다.

무릎이 좋지 않으시면서도 병원치료는 받아도 효과가 없었다고 야생 벌을 잡아서 무릎에 벌침을 몇 방 놓으시고는 절뚝거리며 밭으로 가신다. "뭔 놈의 풀들은 매일 뽑아도 계속 자라는지 모르겠다"고 아버지는 반복해 말씀을 하시고, 나는 말없이 풀만 뽑았다. 무릎 다 나가서 치료비가 더 나오겠다고 제초제를 사드릴 테니 쓰시면 안 되겠냐고 말씀드려도, "농부의 마음을 너는 모른다"고 농담만 하신다. 차 트렁크에 냄새나는 비닐이 잔뜩 있길래 뭐냐고 물으니 비료를 사려니까 너무 비싸다며 직접 축사에 가서 소똥을 비닐에 받아와 잘 말려 쓰면 많이 절약할 수 있다고 하신다. 그리곤 흐뭇하게 웃으신다.

보는 자식의 마음은 쓸쓸하지만 부모, 자식으로서 서로 해야만 하는 각자의 몫도 있고 서로 침범하지 말아야 할 영역도 있는 것임을 알기에 조용히 넘어간다.

인제까지 아버지는 저렇게 일하셔야 할까? 나중에 우리 부부는 나의 부모님, 처가 부모님을 다 모셔야 할까? 국민연금은 언제부터 나오고, 얼마나 나올까? 부모님 용돈을 더 올려 드려야 하는 것은 아닌가? 나는 회사에서 언제까지 일할 수 있을까? 나는 노후자금을 확보할 여력이 있나? 우리 집 대출은 언제쯤이면 상환할 수 있나?

부모님을 바라보는 아들의 머릿속에서 한다는 생각이 고작 이런 것들이다. 대한민국 대다수 어르신들의 비슷한 문제이지 않을까? 노후대비자금은커녕 아버지 한 분의 수입으로, 부모님, 본인 부부, 자식들까지 한 집에 살며 본인들은 아낄 대로 아끼시면서, 자식들은 기죽지 않았으면 하다가도 집안에 큰 환자라도 한 명 생기면 집안이 휘청하는 시대에 사신 분들이기에 따로 비축하실 돈도 없으셨을 것이다.

문재인의 『운명』에서 노무현 대통령이 그런 비극적인 선택을 한 이유는 결국 가난이었다고 말한다. 본인은 가난에 오래 단련되었지만, 가족들은 그러지 못했을 것이라고. 본인이 돈이 많았더라면, 가족들은 돈의 유혹에 흔들리지 않았을 것이라고.

영화 『노무현입니다』에서도 고인은 중학교 시절 입학 월사금을 분납으로 하겠다고 말한 후 선생님에게 뺨을 맞으며 "이런 녀석들 때문에 학교가 안 되는 거야!"라는 말에 학교를 자퇴하고, 그때부터 불평등에 대해 생각하게 되었다고 한다.

그런 것 같다. 가난 그 자체는 우울한 일이지만 거기에서 멈춰버리면 삶은 비극으로 치닫게 된다. 하지만 그것이 자극제가 된다면 강한 멘탈을 형성시키기도 한다. 가난은 삶을 묵상하게 한다. 사는 이유와 태도는 무엇이어야 하는지도 인생의 진정한 행복은 어디에 있는지도 가르쳐 준다.

아버지의 제2의 삶을 응원한다.

때론, 아니 거의 매일, 현실은 우리에게 먹고살기 위한 목적 하나로 이 세상을 살아가도록 종용한다. 하지만 현실의 노예가 되고 싶지는 않다. 끌고 가지는 못할지언정 끌려다닌다면 우리의 인생은 평생 노예의 삶을 못 벗어날 것이다.

행복을 목적이나 결과로 삼지 않고 긴 여정 가운데, 내가 순간순간 발견해야 할 보물찾기로 생각하며, 순간순간에 집중하는 것이 정신 건강에 좋을 것 같다. 거창한 꿈보다 모름지기 인간으로 이 세상에 태어나 세상을 환하게 밝히는 등불이 되지는 못할망정 내 영혼 하나라도 먼저 환하게 밝히며 살 수 있기를 소망해 본다. 그게 소박한 꿈이다.

와이프가 빨리 퇴근했으면 좋겠다. 환한 영혼으로 보면 더욱 예뻐 보이겠지.

세월의 변화   2020. 11. 16.

주위를 돌아보니 세월의 변화를 알게 해주는 것들이 많이 있었다.

아들의 성장을 볼 때 가장 쉽게 체감이 되었고, 거울 속의 내 모습을 볼 때는 뼈를 세게 맞는 듯했다. 더위를 무척 타는 내가 춥다고 양말을 신고 자는 것이며 따뜻한 방바닥이 좋고 보양되는 국물이 좋아지는 것도 그중 하나다.

무언가에서 멀어지고 달라지는 것으로 세월을 감지한다. 그래서인지 계절의 변화가 알려주는 세월이 새삼 고맙다. 다 떠나가지만 너만은 다시 찾아온다는 사실로 위안을 준다.

변화에 뒤처지지 않기 위해 발버둥 치며 살아야 한다. 무언가를 더 배워 두어야 하고, 변화엔 빨리 적응해야 한다. 하지만 계절만큼은 예외가 될 수 있어 좋다. 이 변화를 마음껏 즐기고, 쿨하게 보내주면 된다. 나는 그렇게 날씨에 민감한 사람이 되어가고 있다.

그렇게 좀 더 인간답게 살아가려 노력하고 있다. 이러다 언젠가는

『나는 자연인이다』도 찍을 각(캠핑을 하겠다는 밑밥을 지금부터 차분히 까는 중).

봄의 달리기   2018. 3. 14.

영어단어의 봄이 'Spring'인 이유는 용수철처럼 움츠려졌던 무언가가 튀어 오르는 스프링의 모습이 마치 봄과 같았기에 붙여진 이름일까? 그렇게 나의 Spring도 반응하고 있다.

누가 기계과 나온 사람이 아니라고 할까 스프링이라고 하면 항상 $F=-kx$가 먼저 떠오른다. 이 훅의 법칙처럼 봄이 지나 여름이 다가오면 나는 복원력을 가지고 또다시 본디 상태로 되돌아가겠지만, 탄성력의 한계를 벗어나 상수 k를 부숴버리고 법칙 따위는 적용받지 않는 영역으로 갈 데까지 가보고 싶어지는 계절이 바로 지금의 계절 봄이다.

한편 우리말 봄은 '보다'라는 동사에서 나왔다고 한다. 볼 것이 많은 계절의 여왕 봄에서 무엇을 봐야 하는지, 잘못 보는 것은 혹여 욕망을 자극해 도리어 나를 더 괴롭힐 수도 있기 때문에 잘 분별해야 하는데 나는 왜 이 짧은 점심시간을 틈타 팔아버렸던 자전거를 다시 알아보고 있으며 당장 가지도 못할 여행지를 검색하는가 싶다. 지르게 만드는 것도 봄의 치명적인 매력 중 하나이다.

달리기를 출발하기 전 드는 한 가지 고민이 있다면 그것은 오늘 뛰며 들을 플레이리스트의 선곡이다. 이 고민이 가장 불필요한 시기가 바로 이맘때이기도 하다. 이 계절엔 어떤 곡에든 내 몸이 반응한다. 음악 없이 뛰기에 가장 좋은 시기이기도 하다. 매일 같은 코스를 뛰더라도 하루하루 바뀐 주위 풍경들을 발견하는 재미가 있고 따뜻해진 날씨에 맞춰 산책하러 나오는 사람들을 구경하며 뛰는 재미도 쏠쏠하다.

반대로 봄의 달리기에 최대의 적이 있다면 그건 황사와 미세먼지이다. 더위와 추위는 어떻게든 맞서 볼 수 있을 것 같은데 이것들은 어떻게 해볼 도리가 없다. 매일 아침 일어난 후 오늘의 미세먼지 예보를 보며 러닝을 할 수 있을지 없을지 혹은 러닝을 해버릴지 참아야 할지를 고민하는 일이 진짜로 일이 되는 계절.

그래서인지 미세먼지가 없는 맑은 공기가 예보된 날이면 오늘의 꼭 해야 할 일 중 달리기를 1순위로 변경한 것이 이상하지 않을 일이 된다. 뛸 수 있을 때 뛰어야 한다는 말은 이럴 때를 두고 하는 말이다.

여름의 달리기 2020. 8. 16.

뱃살이 출렁이는 것보단 까맣게 탄 얼굴이 그래도 더 낫지 않을까 하는 마음이다. 낼부터 태풍이라니 오늘은 더워도 반드시 달리기를 한다.

하아… 뱃살이 출렁여도 살고, 얼굴이 까맣게 타도 살지만, 물이 없으면 죽고, 숨이 넘어가면 죽는다고 느낀 날이다. 그래도 하루키처럼 나도 '끝까지 걷지는 않았다'고 스스로를 칭찬한다.

땡볕에서 달리기는 미친 짓이라 생각했다. 가만히만 있어도 땀이 줄줄 흐르고 아무 의욕이 생기지 않아 몸을 조금만 움직이는 것도 짜증이 나는데 10km를 뛰는 짓이라니… 이런 악조건의 상황에서는 충분히 납득 가능한 명분과 동기부여가 있어야만 나를 설득할 수가 있다.

아들의 하원을 위해 집안에 한 대 있는 차는 와이프의 몫이 되었기에, 뛰어서 집에 가지 않는다면 시내버스를 이용해야만 한다. 만약 버스를 타야 한다면 회사에서 버스정류장까지 걸어가는데 이미 땀은 한 바가지가 흐를 것이고 그 상태로 만원 버스에 탑승을 하면 사람들의 땀 냄새 진동, 그리고 에어컨 바람으로 급히 식은 내 몸을 금세 찾아올 깨질 듯한 두통과 찡그린 코가 나를 반길 것이다. 겨우겨우 그 시간을 버티고 하차 후 집으로 걸어갈 때면 나는 다시 한번 땀 샤워를 해야 할 것이다. 이 현기증 나는 시간들과 언제 걸릴지 모르는 감기와 냉방병을 불안해할 바엔 차라리 혼자 시원하게 땀을 빼버리자 하고 퇴근런을 결심할 수 있게 된다.

다행히 집으로 뛰어가는 광주천 주로의 절반 정도는 높은 건물들이 햇볕을 가려주기 때문에 그늘이 져 있다. 그래도 여름은 여름이다. 숨을 마시고 뱉는 행위는 상상을 초월할 정도로 거칠 수밖에 없다. 모자부터 각종 토시로 온몸을 감쌌지만 땅의 열기는 몸에 그대로 진달이 된다. 죽지 않으려면 물병은 배낭이 아니라 내 손에 쥐고 뛰어야 함을 본능적으로 알게 된다.

일단 그렇게 시작하면 1분도 안 되어 온몸이 땀에 젖는 것을 알 수 있다. 이 정도가 되어 버리면 이제 포기할 수 없는 단계에 온 것이다. 나의 복장과 젖은 몸을 생각하면 버스를 다시 타는 일은 부끄러운 일이 된다. 그대로 뛰어가는 것이 현명하다. 그렇게 다짐하고 나면 계속 뛰는 것이 당연한 것처럼 여겨진다.

대안이 없고 빠져나갈 구멍이 없다는 것을 나에게 인식시켜주면 지금의 불평은 사라지게 되고 앞만 바라볼 수 있게 된다. 뜨거운 여름날의 10km 달리기도 하면 하는 것이다.

집에 도착해 찬물에 샤워를 마치고도 한동안 쏟아지는 땀들을 달래기엔 시원한 막걸리보다 더 좋은 게 없다는 것도 알게 되었다. 어마어마한 땀을 쏟아낸 후엔 얼음물, 시원한 맥주, 각종 탄산음료를 골라 먹어 보아도 마음이 충족되지 않는다. 시원한 막걸리만 한 것이 없다. 그 맛은 너무 맛있다 못해 어쩌면 나는 막걸리를 맛있게 먹기 위해 이 땡볕에 달리기를 하는 게 아닐까 헷갈릴 정도다.

여름 달리기에는 또 다른 매력이 하나 더 있다. 그것은 엄청난 땀을 흘리고 난 후 확 달아나는 입맛이다. 막걸리를 제외하곤 아무것도 들어가지 않는다. 몸에 수분을 한껏 뺀 후 올라간 체중계는 흐뭇한 미소를 짓게 만들어 준다. 다시 먹으면 찌겠지 하는 생각도 맞지 않다. 나는 지금 입맛이 너무 없기 때문이다. 맛있게 먹은 이 막걸리마저 소변으로 빠져나가고 나면 몸이 더 비워지지 않을까 하는 생각도 든다.

그렇게 여름의 달리기는 성공적인 다이어트를 보장해 준다.

가을의 달리기 1 2020. 9. 13.

애국가 3절의 그 하늘이 오는 계절이다. '나갔다', '누볐다', '뛰었다'. 날씨에 대한 예의를 지킨 것 같다.

무언가에 대한 기대는 도리어 실망의 원인으로 작용한다. 사람의 일이란 게 대체로 그런 거 같다. 기대를 버려야 실망도 없어지는 거지만 그렇게 무미건조하게 사는 건 또 싫다.

자연은 그렇지 않다. 맘껏 기대해도 실망이 없다.

가을이 오고 있다. 언제나 그렇듯 계절과 계절 사이의 이 기대감. 맘껏 설레야 하고, 맘껏 달려야 한다.

가을의 달리기 2 2020. 10. 26.

지나가는 가을을 잠깐이라도 잡아 보려 휴가 지르기.

와~ 해 뜨고 나니 완죤 따뜻하다~

이 날씨 너무 아까워. 나는 진짜 뛰쳐나가서 팬티 하나 입고 러닝 하고 싶음. 이 햇살~

팬티? 도랏? 양말도 신어라~

야~ 그렇게 양말에 팬티면 그게 더 병신 같애ㅋㅋ 근데 얼굴

타니 썬글은? 모자는 어떡하지?

아!!!! 헛소리 말고 알았으니까 뛰어. 아님 진짜 그렇게만 입고
xx같이 뛰어 보든가!

오키 오후에 뛰고 올게, 땡큐.

날씨에 설레, 괜히 장난치려다 개그 코드 안 맞아 버럭! 역시 산불
조심은 작은 불씨부터다.

휴가 쓴 날은 시간이 3배로 빨리 가는 거 같은데 달리는 시간마저
도 그렇게 후딱 지나가 버리는 것이 가을의 달리기이다. 몸이 의외로
무겁게 느껴지는 것은 내가 너무 먹어 치운 걸 양심이 정확히 알고 있
어서겠지.

가을의 달리기 3   2020. 11. 28.

'가지 마~ 가지 마~' 한다고 해도 갈, 잡는다고 잡히지도 아니할 너
를 쿨하게 잘 보내주기 위해 평일에 내가 할 수 있는 최대치라곤 고작
음악을 끄고 잠시라도 너에게 집중해 느껴보는 것.

눈 앞에 펼쳐진 색감들이 굿~
떨어진 낙엽을 밟는 바스락 소리들이 굿~

추운 듯 서늘한 듯 내 뺨을 스치는 바람들이 굿~

거칠어진 내 호흡의 소리들이 굿~

가을의 달리기 4   2020. 11. 30.

올해 마지막 반바지 차림이 될 러닝이다. 반바지를 안 입는다는 의미는 곧 긴바지를 입는다는 말(뭐 이리 당연한 소리를).

이 말의 동의어로는

겨울에도 달리기는 멈추지 않겠다는 말

겨울 러닝 물품으로 인해 큰 배낭이 필요하다는 말

페이스는 조금 낮춰야 한다는 말

스트레칭은 더 많이 해야 한다는 말

플레이리스트 음악을 바꿔야 한다는 말

레깅스는 조금 더 사놔야 한다는 말

고글의 렌즈를 변경해야 한다는 말

러닝 횟수는 조금 줄여야 한다는 말

등이 있다.

겨울의 달리기 2020. 12. 23.

봄과 가을이 달리기를 하기에 최적의 계절이라는 주장에 대해서는 굳이 왈가왈부할 필요성이 없지만(무엇을 하든 최적의 계절이 아니겠는가?) 달리기에 최악의 계절이 무엇인가를 두고 말한다면 여름과 겨울을 두고 치열히 논쟁해 볼 필요가 있다.

하지만 나는 단연코 겨울의 달리기가 힘들다고 말한다. '가만히 있어도 어차피 흘릴 땀인데 한 번에 다 쏟아내 버리면 끝이 아닌가?' 하고 생각되는 여름의 달리기에는 수분 보충과 그늘만 있다면 큰 고비는 넘어간 것이다. 그리고 여름에는 달린 후 '막걸리 한잔'이라는 비장의 카드도 기다리고 있다.

겨울의 달리기에는 이런 한방이 없다. 오히려 조금만 눈을 돌리면 따뜻한 공간이 눈에 보이고 두꺼운 패딩 뒤로 몸을 숨기면 느낄 수 있는 포근함을 너무 잘 알기에 덜덜 떨며 밖에 나갈 이유를 찾아내기가 어렵다. 좀 더 정확히 말하자면 러닝이 주는 유익함은 명확하지만 당장 이 추위를 마주하며 뛰러 나가자는 결단을 하기가 어려운 것이다.

복장도 유독 신경이 쓰인다. 두꺼운 바지는 뛰다 보면 답답해져 활동성에 영향을 주고 레깅스는 몸에 느낌이 아직까지 익숙하지 않기도, 조금 민망하기도 하다(그래도 살을 쓸리지 않으려면 레깅스는 필수이다).

추운 날씨를 고려해 모자, 장갑, 얇은 패딩을 입고 나가지만 출발한 지 1km가 지나고부터 바로 몸에서 나오는 땀들도 문제다. 추워서 껴입고 나갔지만 뛰고 있노라면 금세 온몸은 젖어버린다. 그렇다고 한

겹씩 겉옷을 벗고 그 옷들을 들고 뛰게 되면 흐드러진 자세로 인해 러닝에 집중할 수 없게 된다.

애초부터 땀이 금세 난다는 것을 경험한 후로는 얇게 입고 출발을 한다. 그렇다면 문제는 다시 발생한다. 땀도 나고 조금 열기가 올라와 '겨울 러닝 할 만하네~' 하는 시기를 지나 몸에 슬슬 부하가 걸릴 때쯤이면 체력적으로 힘들어 페이스는 서서히 떨어지게 되고, 그때부터 순식간에 땀이 식어 몸이 오돌오돌 떨리는 체험을 하게 된다.

겨울 달리기는 시작하면 내 의지와 상관없이 멈출 수가 없게 된다. 몸의 체온을 유지하기 위해서라도 계속 일정한 속도 이상으로 뛰어주어야 하기 때문이다. 그리고 이것은 두 가지의 다른 문제를 발생시킨다.

하나는 내 몸의 부상 위험성이 높아지게 된다. 내 몸이 보내는 통증의 신호보다 당장 추운 나의 몸이 우선이기 때문에 무리해서 계속 뛰게 된다. 실제 내 몸은 통증의 신호를 계속 보내고 있지만 추운 날씨에 둔해져 버린 내 감각들은 그것들을 잘 인지하지 못하게 된다.

그래서 생긴 두 번째 문제가 겨울에는 장거리 러닝을 하지 못한다는 것이다. 장거리를 뛰면서도 페이스가 떨어지지 않고 유지되는 초고수 러너라면 모를까, 잠깐만 속도를 늦추어도 금세 떨어지는 내 몸의 체온과 무감각해진 몸의 근육 손상을 막기 위해선 집 근처의 짧은 코스를 메인으로 삼아야만 몸을 다치지 않을 수 있다.

그럴지라도 겨울 달리기의 매력이 없는 것은 아니다. 힘든 러닝일수록 보람은 더 큰 법. 따뜻한 물에 샤워를 마치고 뜨끈한 생강차를 한잔 마실 때면 나는 순간 감기라는 단어 따위는 전혀 몰랐던 사람이된다. 노곤해진 내 몸은 달릴 때보다 더 이완이 돼있고 어느새 꾸벅꾸벅 졸고 있는 나를 발견하게 된다.

나 불면증 있었던 거 맞나?

혹시 겨울에 잠이 오지 않아 고민인가? 30분만 뛰고 와보자.

우중런과 설중런 2020. 12. 30.

쏟아지는 눈과 비에 몸을 젖지 않으려고 하니 스트레스를 받는 것이지, 막상 흙탕물이든 진흙물이든 밑바닥까지 풍덩 빠지고 나면 그때부터 스트레스에서 해방이 되어 즐길 수 있게 되는 것이다. 시도하기 전 머리로 계산해 보는 것은 별 의미 없는 것이며 일단 맞서면 어떤 방식으로든 풀리게 된다.

눈이 펑펑 쏟아지는 날에도, 비가 우수수 쏟아지는 날에도 평소와 같이 나가 광주천을 달려보았다. 몸에 찝찝함이 느껴지는 것도 잠시 이내 온몸이 다 젖는다. 그때서야 모든 것을 내려놓고 순간을 즐길 준비가 된다. 춤을 춰 보기도 했다. 소리도 질러보았다. 달리기의 진짜 매력은 우중런과 설중런을 해봐야 알 수 있다는 말에 격한 공감을 하며 한 발자국 한 발자국을 소중히 내디뎠다. 올 한 해를 돌아보니 달리는 시간만큼은 진심이었더라.

달리면서, 남들이 미친 짓이라 하더라도 누군가에게 피해를 주는 것이 아니라면, 그것이 죄가 아니라면 그 안에서 내가 행복하면 된다고 나 자신에게 말을 했다. 인생은 원래 자기만족으로 살아가는 것이다. 그러면서 내 기준을 강요하지 않고 남들의 다른 행복 기준도 존중하며 박수를 보내는 것이 삶을 대하는 괜찮은 태도이지 않을까 생각해 보았다.

2021년, 새날들도 그렇게 당당히 부딪치며 살아야겠다. 마주히면 다 어떻게 해서든 흘러갔다.

우중런, 설중런이 알려준 교훈들.

나는 이제 고작 봄, 여름, 가을, 겨울을 한 번씩 마주하며 달리기를 했을 뿐이다. 모든 것은 지나가지만 계절은 다시 온다는 그 자명한 사실은 언제나 우리를 위로해 준다.

다시 마주할 봄의 달리기가 기대된다. 나는 더욱 후회 없이 온몸으로 느끼며 달릴 것이다.

나의 달리기가 언제까지 계속될지 지금의 나는 확답할 수 없지만, 한 가지 확실한 건 달리기와 함께 마주한 삶의 모든 영역에서 나는 풍성함을 체험했다는 것이다.

그리고 달리기는 내 가슴 속 깊숙이 자리 잡고 있었던 마음의 병들을 깔끔히 치유해 주었다.

나는 아직까지 계속 달리지 않을 이유를 찾을 수가 없다.